生命的浪漫與質感

王士躍——著

推薦序

北美洛杉磯華文作家協會名譽會長／葉周

時常在《世界日報》副刊上讀到王士躍的散文，在他這本名為《生命的浪漫與質感》的散文集中，收入了三十八篇散文。散文大家梁實秋說：「散文是沒有一定的格式的，是最自由的，同時也是最不容易處置，因為一個人的人格思想，在散文裡絕無隱飾的可能，提起筆來便把作者的整個的性格纖毫畢現地表示出來。」

作者以個人生活或人生經驗出發，取材於平凡的日常瑣事，抒發人生理趣。有時談人物，寫風俗，記故園舊事，或笑或惱，依然不失書生氣度，行文中總有絲絲親切和溫厚。即便有煩惱也是平心靜氣的煩惱，他把小說的說事，和詩的意境都化在散文，也即美文的文氣中。

在〈暮雨瀟瀟〉一文中，描寫的雨景那麼有層次，讓不曾看過那片風景的我身如其境。山坳中傳來汎流的湍鳴，是聲音；一條閃著雨光的車馬道，蜿蜒起伏在迷離的煙巒霧崗裡，是視覺；壯碩的群馬在雨絲之中佇立，眾首向西，像是在作無聲的晚禱，靜中卻有動感；忽然腳下哧溜地竄過一隻小野兔，轉眼便鑽進了樹洞；靜止的畫面被突然打破了，又恢復到動態的空間。

他的散文描寫是細膩的，有點不像這個看上去高高大大的北方漢子。寫景陳述栩栩如生，讓人有身臨其境之感。感情卻十分內斂。他寫到了細雨中嗅到的水煙槍和食物香辣的味道，還有小吃攤上的絲娃娃捲等好吃的……這些都是幾十年前的情景，他都記得那麼清晰。

一個雨字串聯起不同國度場景和記憶，細膩中是對過往的懷念，從他的文字我可以斷定，他是個纏綿的人，懷舊的人。無情未必真豪傑，不過在細膩的敘述中，感情通常受到克制，並不宣洩。

他也寫了一些對往事的回憶，一篇〈失學記〉中他細數自己的記憶年輪，小學時跟著母親去大山中的幹校下放，為了躲避流氓的干擾，不得不逃學。整天在大自然中玩耍，過去的細節都描述得那麼清晰生動，具有臨場效果。

他喜歡旅行，骨子裡有一種英國旅行作家索博隆打破沙鍋問到底的執著，不滿足於一般遊記的浮光掠影，而是深挖歷史，與人拉扯家常，以求對當地風土民情的深層把握。據說有一次為了瞭解印第安圖騰雕刻藝人的生活，他跟著一個街頭藝術家鑽進位於貧民區的住所，和一群雕刻藝人一聊就是大半天。他去了台灣後寫了一組遊記，其中寫出了廣受好評的文章〈台灣小吃的古早味〉。他去武夷山尋找朱熹的歷史足跡，去福州三坊七巷走訪仍未對外開放的董家大院，聽師友揚之水的建議去日本時專程謁訪了正倉院展。那裡的人和事原先對他是陌生的，而且他離開故國，留學美國，又走得那麼遠。可是他還是會不斷尋找那些有趣的人和事，正如一位作家所言：「遊客不記得他們去過什麼地方，旅行家不知道自己往哪裡去。」也許這正是旅行作家真正的樂趣。

散文家周作人說：「人吃過什麼東西就有什麼氣味，這是個人生命特色的表現。這種個人的氣味，來自於個人的情趣和蘊藏的趣味。趣味的生發與作者的個人學養、性情有密切關係。」王士躍是一個讀書人，曾經在內地大學做過教師，如果不是來到海外，他應該還在大學裡教書。所以追憶逝水年華，與讀書相關的生活還是始終佔據著較大的比重。幾篇份量厚實的書評和文化隨筆顯示了作者的學術素養和識見，和他的散文與遊記形成了一個厚重一個雋永的鮮明特色。

王士躍的文字並不追求驚濤駭浪和戲劇衝突性，但自有一種審美張力。其實我覺得未必是他生活中沒有經歷過衝突，只是他更沉浸於對細節的體味中，如同三十年代周作人的散文，把玩著書齋裡的古董，有滋有味，以平靜中的溫馨，去看待生活中發生的一切。能有這樣的好心境真是一個有福之人。

作者小引

本書是我近十年來發表過的文章結集。散文類文章主要刊登在北美《世界日報》世界副刊和上海《文匯報》筆會副刊等文學版面，文化隨筆則登載於《上海書評》和《書屋》等書評雜誌。

自從走上散文寫作的道路，深感這是一種鮮活、自由、充滿張力的文體。如何使筆尖奔流的文字喚起讀者的普遍共鳴，是一種艱辛而愉悅的人生經驗。從最初與《世界日報》結緣，我就一直體驗著這種寫作帶給我的精神上的美好感受。一路走來幸有前輩和師友們的提掖與勉勵，才使我寫作的靈焰續燃不熄。

在此要特別感謝《世界日報》的世副主編吳婉茹女士多年勖勵有加，刊登了我絕大多數的作品，《文匯報》筆會副刊的陸灝先生更是自他主掌《上海書評》時期就與我相識，並一直為我提供發表隨筆和書評的機會，實為榮幸。《書屋》雜誌的劉文華主編則是我相識的一位學界性情中人，與他的談話和文字交往總是令我受益良多。感謝作家葉周先生撥冗親自為本書作序，家兄遇存棟身為書法家為拙著揮毫題字，更為這本稚嫩的作品增色添彩。

王士躍

二〇二〇年五月三十一日

目次

Contents

推薦序／葉周 003
作者小引 006
被淡忘的蓋茲堡 011
內華達山路紀行 015
內華達山脈的紅葉 019
紫菜海岸紀事 024
奧林匹克深山的隱士 029
追尋莎士比亞的足跡 034
亞得里亞海的珍珠 039
正倉院展的大唐遺韻 046
深秋的落柿舍 051
台灣小吃的「古早味」 057
阿里山森林散記 062
雄渾靈秀的太魯閣 069
參觀胡適紀念館有感 074
蘇州的基因 081

在武夷山尋找朱熹 086
曾經風雅的董家大院 092
生命中不能承受之汙染 097
蜂鳥記趣 104
逝去的牧歌 107
芥菜花小記 112
暮雨瀟瀟 115
離開拉斯維加斯 120
非關命運 123
失學記 126
姥爺教我們規矩 136
懷念回頭河菜市場 142
姥姥家的火炕 148
歐文・艾德禮——穿美國時裝的啟蒙時代的法國人？ 154
戰爭謠言與武器圖騰 162
一句「No」背後的鴻溝有多深 171
水仙花的芳香 180

生命的二重奏 190
「聽」莎士比亞 198
由電影《沉默》所想到的 202
突破地域之囿 206
科恩兄弟的《西部老巴的故事》與黑色幽默 210
奧杜邦與中國畫的兩種境界 214
水野克比古的京都 219

被淡忘的蓋茲堡

蓋茲堡（Gettysburg）標記在我的心靈版圖上，二十年前讀過的一首小詩，是我必訪它的緣由。車駛出華盛頓首府不久，便進入賓州平原。無邊無盡的綠意撲入眼簾，原野覆蓋著蒿草和稠樹，逼視的青翠使我這位自炎熱荒禿的南加州的來客稍有些不適應。澄江如帶，從我的左側亮晃著東流入海，岸林垂瀑似地直落丈許深河床，依岸掩映著圖畫一樣的白房農莊、牧場，還有成群慢悠悠地吃草的乳牛。

這樣安謐平和的田園景緻怎麼會與一次慘烈的戰役聯繫起來？它似乎更像是遠離塵囂的桃花源。從歐洲避禍遷來的艾美許族（Amish）的村落離這不遠，艾美許人仍維持著小國寡民式的農耕生活。為何青山碧水卻疤痕纍纍，斑駁的彈孔在前村壁？車向蓋茲堡疾駛，我的思緒也隨著窗外的景物起伏。

時間定格在一八六三年的夏天。脫離了聯邦後的第三年，南方聯軍在神話將軍羅伯特・李的率領下，逼近首府華盛頓，蓋茲堡正是大軍的必經之地。未部署重兵的蓋茲堡鎮還未能從睡夢中醒來，北軍的巡哨突然發現了晨霧中悄悄移動的南方軍隊，接著便爆發了這場美國內戰中傷亡最慘重的蓋茲堡之役（Battle of Gettysburg）。儘管今天對南北戰爭的肇因各有說詞，根本問題還是圍繞著蓄奴制度。林肯總統在廢奴主張上的強硬立場激怒了原本就打算分裂的南方保守勢力，隨著政治上的獨立訴求遭到拒絕，南方保守派決定以戰爭來解決問題。蓋茲堡之役成為南方邦聯最大的一次軍事賭注，意欲在軍事上徹底瓦解北軍的實力，從而逼迫聯邦政府妥協。雙方共投入了近二十萬人的兵力，三天連續惡戰，死傷共達五萬多人。彈丸之地的蓋茲堡，可以說家家躺滿傷兵，屍橫街道和荒野，腥臭了數月，以致於鎮上的居民也因此生病。蓋茲堡亡魂多，鬼故事也多，直到今天電視的八卦節目也會常播那些民間靈異傳聞，述說百多年前的傷恨和記憶。

到達蓋茲堡的時候，時間已近傍晚。夕陽下滿坡滿谷的林木籠罩在晚暉之中。牧場的排籬縱橫草原，草浪起伏微漾，一群安格斯種的壯牛悠閒自得，低頭只管吃草，渾然不覺來者的窺視。這一切令我想到了賓州在地畫家懷斯寧靜的鄉村油畫。附近教堂的晚鐘叮噹、叮噹低聲傳來，好像穿越時空，聲浪回放至當年曾作砲兵陣地的路德神學院的青銅老鐘的原點。一切是這樣安靜，好像什麼都沒有發生過。我漫駛在遊覽路線上，按圖示尋訪當年的古戰場遺址。一路上見到櫛比鱗次的雕像石碑，銅駒鐵砲，奇怪的是卻沒有看到多少訪客。中途經過一個林蔭公園，見到大群學生在暑期營宿，幾個男孩正踏著滑輪呼喊追逐著。更遠的地方能看到幾個騎馬遊客，指指點點，正欣賞著夕陽西下的鄉村景色。相比之下蓋鎮市區倒顯得熱鬧很多，一條主街正在擴修，商店裡外人聲熙攘。偶爾有刺青騎士的摩托車隊從身邊吼叫而過。

「將他們鏟埋，讓我幹活兒／我是野草，我將一切遮沒。」二十年前讀的這首桑德堡的（Carl Sandburg）《野草》又迴響在我的腦海。詩裡的乘客不知身在何地，車窗外古戰場早化作連天的碧草。借問此地何處？乘務員顯得無精打采，默然無語。回答乘客的只有芳草，只有淒風，還有眼前記憶模糊，行客來去無蹤的車站和古鎮。這時幾年前廣島之行的情景又浮現在我的眼前：熙攘的地鐵車站，霓虹燈閃爍如畫，身邊走過一群染著漂亮金髮，打扮新潮的日本青年人。他們似乎離原子彈災難的年月很久很久了，對戰爭的記憶很淡薄。在廣島原子彈紀念館，解說員帶著一幫青年學生在大廳盤桓，比比劃劃地講解著斷壁殘垣後面的沉重故事，可是我看到年輕人的臉部大都是漠然的，甚至有些不耐煩。元安川河柳依舊如煙似夢，宮島的櫻花仍然繁花如錦。戰爭是失憶的嗎？還是記憶太刺痛？我來蓋茲堡之前就有一位美國朋友不解地問道：「去那麼一個破地方做什麼？會有什麼令人興奮的東西可看嗎？」心靈的負荷就隨歲月遠逝吧。如今草木茂密，覆蓋了歷史的不幸和土地的創傷。

南北戰爭雖然鞏固了聯邦政體，卻給南方社會帶來巨大的動盪與疾苦。經濟衰退，通貨膨脹，民不聊生。黑奴解放了，湯姆叔叔們獲得了自由；莊園主則沒落了，《亂世佳人》天天上演。蓋茲堡戰場更是親睹了兄弟反目、親人相戕的一幕幕慘劇。這些血氣方剛的南北子弟兵，無論總統胞親，還是平民庶子，雖不乏「紅色英勇勛章」的英雄氣概，到頭來多作了冤魂、砲灰。七月四日，獨立日的早晨，三天惡戰後的迷濛黎明。天空飄起了細雨，落在荒丘草地，落在沉寂的陣地，也落在將士疲憊倦怠的臉龐上。兩軍持槍在雨水中對峙著，在迷茫中麻木地彼此相視。不知究竟是勝利的歡喜，還是潰敗的絕望？只有雨水和著淚水不住地流下。正如一首詩所寫的那樣，「傷痛的淚水早已在眼中凝結成冰」，如今剩下的卻只有健忘與淡漠了。

離開蓋茲堡時，我看到一老一少坐在曾發生過著名的「小高地戰役」的石台上，向西邊眺望，不時地又在竊竊私語著什麼。大概是走累了的祖孫在此歇息一下，也許此刻祖父正在給小孫子講述他所知道的蓋茲堡的故事。總之那一對老少身影顯得有些奇特，在西落的日影中產生了一種凝重的雕塑感。

暗夜茫茫，古木幢幢，寂靜的長空，讓冷冷的月色籠罩著。我開車離開了蓋茲堡，在黑夜行駛之中仍舊可以遙望那一簇「和平火焰」（Flame of Peace）在山坡上幽明閃爍，似乎在跟著汽車行進，隨著大地躍動。

內華達山路紀行

在加州的內華達山脈（Sierra Nevada）深山老林裡，我們緩緩跋涉於哈切特小徑。比起其他的山路來，它沒有令人卻步的陡峭和艱險。不像前一日探過的鷹湖小道，老弱婦孺氣喘吁吁地攀爬半日，腳下雪滑泥濘腿抽筋。也無凋東富蘭克林沙土路那種酷日當頭晒的毒苦。翠蔭婆娑的路面起落勻緩，蜿蜒幽林清溪之間。山風沁扉，野花和蕨草在腳邊陣陣窸窣，更令人疲意頓消，步履輕盈。

這一帶地處礦王嶺。由於公路的狹促險惡，遊客向來稀少。這樣一來反倒使山水受益蒙福，免遭生態破壞與環境汙染之苦。一路上僅遇到三兩遊人，在為我們遙指一番我們探詢的目的地後，他們的身影便消失在一片濃蔭之中。行走在內華達山脈的古樹下面，真像布萊森（Bill Bryson）說的那樣，如小孩子在巨人大腿下亂鑽。可是這位仁兄見識的阿帕拉契山樹，比起這裡的巨杉，那真是仙娘拜端公，小巫見大巫。這些千年古樹堪稱樹中之王，氣勢雍容而蒼茫。根鬚龐然盤錯，樹冠蔽天侵雲。單以重量論，它有著「地球上最大的生物」的稱號。鳥語關關，可是濃蔭層上疊層，難覷牠們的蹤影。大家停下步子靜聽時，鳥聲忽又變成猿啼似的土撥鼠叫喚，低沉地如從洞中發出。

接著便是空山老林的寂靜，澗水的幽鳴。一條小山溪從岩隙間流出，在苔石之間嘩嘩穿過。礦王嶺到處都是澗溪，由於高山積雪融化，夏天的森林裡協奏著山溪的交響。我們夜宿的木屋後就雙瀑分流，每晚幽彈高山之曲陪伴疲勞的大家入夢。

路上時常見到斷樹朽根，橫七豎八在坡谷裡，自生自滅。而溪澗的斷木在流水的襯托下竟然成為一道風景。比如眼前這根讓歲月淘洗得發白的老枯木，看樣子它傾聽潺潺流水也有幾百年了吧，也許更長。銀白的溪流曲折而下，穿越老斷木，在巨大的鵝卵石上衝擊迸落，轟然奔流而去。岸坡長滿了綠蕨，亭亭如靜雲。再往高處看則是排排森幽的古木，木冠上方露出終年不化的皚皚雪峰。我不禁眼前一亮，這不就是一幅巨大的內華達山脈經典油畫嗎？這些木、石、瀑和雪峰的組合，常常是哈得遜河畫派藝術家們揮之不去的主題，內華達山脈的風景也因此成為這一邊疆畫派的重要標誌。它也同時點綴著人類的豐富歷史。一團篝火、數頂獸皮帳篷，老林深處留下印第安人的足跡和傳說。白人拓荒者的木屋、陋橋和星光下的夢更是縈迴不去的記憶。哈切特路旁偶爾瞥見老鋸木廠的遺蹟，十九世紀的傳送帶輪已變成一堆廢鐵。小孩子們爬到上面擺姿照相，僅僅百年前伐木者們也如此留影，他們的腳踏在鋸斷的古樹樁上，擺出勝利者的姿態。大批原木被車拉馬拽拖出內華達山脈，輸送到往日益擴張的邊疆建設工地。遺棄山坡的大片斷樹根則像手法拙劣的術後傷疤，給大地留下醜陋的記憶。

約翰·繆爾（John Muir），當時的環保自然作家，著文抨擊內華達山脈的開採與濫伐，稱這無異於「販賣雲彩、白雪與河流，將它們剁碎後帶走。」他還特意邀請號稱環保總統的老羅斯福到這裡實地勘察。帳篷裡他們徹夜長談，繆爾更是為古杉的生態前途苦諫。如果沒有繆爾當年的前瞻意識和後來聯邦政府環保措施的實行，內華達山脈的巨杉森林恐怕今天也難逃巴西、中國等金磚國家，毀林奪地生態失衡的厄運。雖然千年的古林當年逃過了一劫，可是後來又險成為開發商囊中的綠鈔。上世紀六〇年代迪士尼盯上了礦王嶺，打算將萬頃的林地推平，在上面打造一座奧林匹克標準的超級滑雪場，然而又一次遭到環保組織的反對而計畫落空。而如今這一切都成為了過眼煙塵，在古杉的翠蔭下飄散，成了閒聊話題，成了回憶。

林色漸深，山徑越來越接近谷底，一部分同伴為多拍些山景落在了後邊。走在前面的人已接近我們的目的地卡瓦耶河口——地圖上的指示，路邊卻不見標記。隔著很遠便可聽到瀑布的訇然巨響，遠遠地只看見巨杉頂端籠罩著一片煙霧，像是小小的一團雨雲。大家繼續前行到離瀑布約幾十米處，漸漸看清是一道巨大的山澗自高處落下，它彷彿傾瀉而出的天河，呼嘯和閃亮著墜入深谷，巨大的衝擊力震盪得地動山搖。迸濺的水星沸沸揚揚在空中飄散，這就是從遠處看到的那一片煙霧，潤濕了四周的草木，也點點滴滴沾上我們每個人的衣襟和臉龐。矗立在湍流兩側的巨樹昂然聳立，如同煙水縹緲的戲台天柱。亂石巉岩崢嶸，迸發出一股創世紀的混沌之氣。

此刻我只是默然佇立，任憑思緒飛揚。澗流紛紛，日夜不息。一種莫名的感動神祕地不知從何處而來，此刻輕輕地傳遍我的周身。恢弘深沉的瀑鳴彷彿來自天國，穿過微茫的雪峰，掠過亙古的森林，喚醒了我沉睡的靈魂，正如哲人愛默生所說：「當我思忖著我是否想法正確或者行動恰當的時候，一種更加高尚的思想或是更為美好的情感在我的腦海裡降臨。」我們情不自禁地抓住彼此的手，一同靜默垂首，盡情地讓身心沐浴在內華達山脈的雲水霞輝中。

內華達山脈的紅葉

車窗外閃過金花灌木、野鴿草和連綿不絕的艾蒿。隨著地勢不斷增高，氣溫由攝氏二十幾度很快掉到了四度左右。內華達山脈（Sierra Nevada）山區冷到必須套上羽絨衣才能走出車外。

紅葉只能到高寒的山區才能看到，這是內行人都知道的。沿著395鄉間公路自洛杉磯向北開上兩三個小時後，進入開闊的歐文斯大盆地。這裡除了枯草和漫無邊際的野蒿，不見任何染上秋色的樹葉，夏天仍然是轄制著荒漠的暴君。可是如果轉一個彎，一踩油門開車進山，情形卻大為不同。秋色似乎特別眷顧高海拔山地，色彩一下釋放出無比旺盛的活力，漫山遍野的樹葉流金溢彩，濃烈得似乎大地在發燒。

我們此行選擇了從碧霄鎮（Bishop）進入山區，行不多久眼前便出現了滿坑滿谷的白楊樹金紅色的秋葉，洋洋灑灑地點染在墨綠的落葉松間，交匯成一片凝重而熱烈的色彩。白楊樹不僅遍佈山坳與溪谷，而且沿著無數山溝將鮮濃的橙色洪流繼續向山上推湧、潑灑，直到浸入水土稀薄的高山帶，才漸漸凝固成一顆一顆不熄的星火，閃爍於崇山峻嶺之巔。

山上的溪水日夜不息地流向深谷，點點溪光眨閃於林間，喧聲不斷，澆灌和滋育著白楊樹林和內華達山脈的一草一木。山澗藉著落差之力奔騰向前，水面漂浮著大大小小金黃的落葉，踏上一生唯一一次的輝煌旅程。有些葉片半途被河卵石粘住，搖身變成幾枚大自然美麗印譜的朱印和金章。有些則沉潛水底，色彩泛暗，流水的淘洗已讓它們由絢爛歸於平淡。

我們經過下游的一片溪谷，河岸在此豁然寬闊，水勢平緩蔓延，整個河谷形成一片天然水塘。山松和白楊叢林的倒影映入水中，如同印刷在玻璃表面的印象派繪畫，絢麗而透明。溪流中有一二個飛釣者此刻正瀟灑地拋出閃耀的魚線，餌誘山澗裡的彩虹鱒。這種山鱒並不好釣，我曾在內華達山脈的卡瓦耶河試過飛釣，守在湍急的溪流中跟鱒魚鬥智了大半天，最後才上鉤了一兩條餓急了的小鱒魚而已。要想跟飛釣者聊上幾句，你會發現他們的話語不多，寧可將好心情留給孤獨。

倒是一位守在攝影機旁的攝影發燒友跟我打開了話匣子。這位名叫湯姆的年輕人來自南加州的聖地牙哥，據他說每年都要來內華達山脈三、四次攝影採風。這回為了拍攝紅葉，湯姆早已在此蹲點了一個星期，在大山溝裡閒逛，尋找紅葉的蹤跡。白楊樹葉有一種捉摸不透的習性，根據季節、乾濕度和早晚溫差的變化，各種花色素會發生奇妙的改變。雖說此時我們所在的南湖已紅葉滿山，可是相隔一道峽谷的北湖卻毫無動靜，秋葉顏色的轉變有著一個飄忽不定的時間表。每年一到這個季節，大批攝影家和發燒友們都會從四面八方趕來，像辛勤採蜜的蜂鳥一樣，忙碌著將攝影鏡頭伸向內華達山脈的秋色之美。

秋風時而吹過山林，鬆濤陣陣喧騰，顯示出《秋聲賦》那一股風掃殘葉、勢不可擋之氣勢。然而白楊樹葉的聲音卻很獨特，揚起一陣「嘩——嘩——」的喧響，彷彿潮汐時的碎砂之鳴，窸窸窣窣地一陣蓋過一陣，毫無唯我獨尊的霸氣之調，卻是小家碧玉的嘻嘻呵呵。在大地氣息的吹送之間，玲瓏的枝葉頻頻搖曳，所以它又有一個雅緻的別稱：抖楊。白楊的樹幹筆立，銀色樹皮布滿丹鳳眼似的樹結，個個秋波如水，因此更增添了一份嫵媚的氣質。

由此我們又前往下一個目的地：六月湖（June Lake）。到達時天色漸晚，看到湖上的末班遊艇正在緩緩地駛回碼頭。可是在湖畔短暫的逗留之際，卻讓我們意外目睹了一幕奇妙輝煌的內華達山脈的日落景色——夕陽此時慢慢地隱入終年積雪的卡爾遜山口，大地的景物由金黃透明轉而曖昧朦朧，晚霞在湖面上灑下一片寧靜、溫和的餘暉。這對於打算風光攝影的內子來說，實屬難得的黃金光線。彷彿一件剛被擦拭鋥亮的銀器，湖水散發著一片不肆張揚的沉穩光澤。視野中，一葉歸舟漸行漸遠，終於化作銀器上一點幽昧的古斑。曠野寂靜，萬物將歇，天地之間似乎奏響著一支溫柔的晚禱曲，餘音裊裊地飄蕩在湖面上。

這時附近灌木叢中忽然走出幾隻野鹿，看四下無人便前前後後來到湖邊飲水。也許是饑渴了一天後，鹿兒趁著人去湖空之際才趕忙喝上一口水吧。雖然是在自己家門口飲水，野鹿卻仍很警覺，不時地抬頭四處張望。這些曾經和羚羊、黑熊、美洲獅們在內華達山脈自由自在生活的野生動物，如今不但要提防著自然的天敵，對人類也同樣抱著戒心。

我們曾在碧霄鎮的山路上碰到一隻被撞死的野鹿，當時我停下車來，趕忙問那幾位因撞了鹿而不知所措的中國自駕遊客，是否需要幫助。看看躺在路旁的無辜小鹿兩眼仍舊睜著，卻已無生命跡象。這個情形幾乎每天都可能在森林公路上發生，記得美國詩人威廉．斯塔福德（William Stafford）在《黑暗中旅行》裡曾描述過類似的經歷。當時他也碰到了一隻被撞死的野鹿，他正不假思索準備將死鹿當路障一樣清除時，卻意外發現這是一隻懷孕的母鹿：「她身體溫暖，鹿崽兒躺在那裡等待／仍然活著，卻永遠不會降生。」面對這個艱難的選擇，他猶豫了起來。他知道自己無法挽救這個恐怕胎死腹中的幼小生命，不得已為了避免更多車禍而選擇將死鹿推下了山澗。詩人以平靜而冷峻的敘述口吻，反諷人類現代文明對大自然帶來的傷害，表明珍惜和保護野生動物是人類不可推卸的責任。

在六月湖小鎮裡閒逛，感受到一種舒坦、放緩了生活節奏的氣氛。碼頭上停泊著幾艘私家小船和遊艇，湖畔坐落著零售商店、社區公園和小型圖書館。小商店照例賣些紀念品，貨架上擺滿著白楊樹皮製成的各種木盒、花籃和大大小小的相框，不乏森林野趣。據說從前印第安人用白楊樹皮來搗製藥材，後來西部開發又常被拓荒仔砍來搭建木屋。白楊樹在內華達山脈的自然生態史中占有著既鮮豔又實用的篇幅。

第二天我們早早地被林中的知更鳥喚醒。秋陽掠過了林梢，灑滿木屋前的迤邐小路，光線在一地落葉的金黃中抖落出柔軟透明的質感。家家戶戶的樸素木宅掩映在白楊叢中，不少院落和門廊裝飾著木雕的黑熊、土狼或是老鷹，野趣橫生。路上我們偶遇一兩位藹然長者相伴而行，他們說說笑笑聊些體己的話，銀色的鬢髮已然秋天的況味。

秋來了，內華達山脈的紅葉帶來了色彩的飽滿活力，和大地豐足而醇熟的消息。

紫菜海岸紀事

趁著假日躲開了洛杉磯的喧嚷和懊熱，我們去中加州濱海小城坎布里亞（Cambria）盤桓了幾日。夜晚到達時四周已經漆黑，撂下了行李箱後便爬上床睡覺。小城夜裡十分寧靜，忽然外面傳來了什麼動物的吼叫，仔細聽聽原來是海豹。雖然這裡離海邊還有段距離，可是夜間卻清晰可聞，好像海豹近在咫尺，呼朋引伴地在後院子夜遊。開始還覺著幾分新鮮和興奮，不過很快便不胜困頓酣然入睡了。

一覺醒來時天已大亮。其他的同伴還未起床，我則悄悄地走到了外面的陽台上。四周背靜，晨涼如水。眼前海天一線，浸在一片輕紗似的晨光裡。半圓形的海灣巍聳著許多蒙特利爾巨松（Monterey Pine），樹冠長成各種海風吹塑的奇特形狀。低吟的海潮由遠及近，海豹的叫聲便高一聲低一聲地傳來。

房東的藏書頗豐，樓上和樓下幾個書架上放滿了書籍和畫冊。回到房間後，閒著無事便隨手抽出一本當地的史話書籍，打算消磨一下這樣難得的清靜。玲瓏小鎮雖只有一百多年的歷史，卻留下不少波譎雲詭的海上漁事和人文花絮。而名不經傳的漁梁之村變成今日的度假勝地，故事本身的吸引力並不亞於蒙特利爾松和海豹，其中書裡有關早期華人的記載特別引起了我的興緻。

坎布里亞的沿岸有諸多海灣，其中一處海灣名叫「中國港」（China Harbor）。據記載，十九世紀以來不少中國的偷渡客最初在此登岸，然後消失於茫茫北美大地，「中國港」故此出名。可是到了十九世紀後期情況有了改變，大批的華人又紛紛回歸漁港，「中國港」逐步變成華人安居樂業的唐人街。吸引他們回歸的原因甚為特別，既不是捕魚捉蝦，也不是修造鐵路或者挖礦淘金，而是當地海岸特有的綠油油的紫菜！

他們來自北美各地，然而尤以北加州搬來的漁民為主，這背後還有一個鮮為人知的故事。華人漁民本來在北加州沿海捕魚為生，憑藉辛勤勞動總能夠魚獲滿載，生計無憂，可是這卻引起當地白人漁民的不滿和嫉恨。這些以義大利裔為主的漁霸們不是靠拳頭說話，就是割破魚網要挾勒索，或者乾脆將華人漁夫驅趕上岸。當年正是《排華法案》甚囂塵上之際，華人在美國社會是根本沒有話語權的。處於弱勢的中國人只得趁夜間漁霸們睡大覺時偷偷捕魚，撿漏吃剩。有的索性沿海岸線南下，謀求生機。於是坎布里亞海岸上生長的翠綠的紫菜一下子抓住了他們的眼球。如同漂泊的船舟突然在天海之間發現了陸地，絕望之際抓住了一棵救命稻草——那是蘊藏了多少生機和商機的綠色鈔票啊！

從此之後紫菜採摘和買賣變成了當地華人最熱絡的營生，唐人街的規模也由此跟著一天一天地擴大。當年如果登岸遠眺，坎布里亞的沿海礁石多被厚厚的一層碧毯似的紫菜覆蓋著。一年中臘月時節菜農們拔稗清藻，到了清明穀雨便採擷收穫了。豐收季節他們身手矯健，上下攀摘和搬運，各顯其能，樂此不疲。幾乎是無本生意，純靠老天大海吃飯。鮮紫菜曬乾以後，便大包小捆地隨貨輪運往舊金山，再由海貨商銷往亞洲各地了。

海耕生涯充滿了艱辛和風險。海面風高浪急，礁苔濕滑，紫菜農難免失足墜海，甚至捲入浪潮送命。而那些彎彎曲曲的羊腸小路，徒手登攀都須謹慎，可是他們卻要肩挑沉重的紫菜籮筐，一點點地挪蹭上岸。紫菜農大多是單打獨鬥，往往駐守海崖巖角，整日面對蒼茫大海，腳下懸崖險灘，與最近的鄰居也有數哩之遙。據說有的就是以酒為伴，終老於此者不在少數。

最初白人鄰居們還以為中國人八成是餓昏了，要麼犯了神經病，總是摳挖看來和雜草沒有兩樣的海藻做什麼？當然與他們的黃油麵包更是井水不犯河水，除了嗤之以鼻，根本就不來找他們麻煩。可是後來爆發了經濟大蕭條，當地白人排了長隊去申領失業救濟，而讓他們很看不起的紫菜農們，此刻卻出手闊綽地逛店血拼，並且全以現金結算。這個疑問讓他們百思不得其解，直到有一天當他們在蔬菜色拉里嘗試著撒上幾片紫菜葉，鬆軟香脆的薄片頃刻在口中溶化時，他們方才恍然大悟，紫菜也由此走上了小鎮幾乎每家每戶的西餐桌上。至今當地有些白人老者們，還記得當年享用中國紫菜湯的情景，不住地稱讚。令人訝異的是，當時美國到處掀起排華浪潮，種族關係緊繃，然而在坎布里亞卻意外呈現了一片種族相對和諧的氣氛！

我們遊逛小鎮時也順便去探訪了幾處歷史遺蹟。來到了海邊的岔路口，見路旁豎了一塊導遊牌，扼要介紹該地的歷史和人物。一長串的人名，多為義大利裔，也有西班牙和葡萄牙人名赫然在上，唯獨沒有一個華人的名字。我開始懷疑是否走錯了地方，也許這不是通往「中國港」和紫菜農場的舊路。我們隨意地往前邊走邊看，走了一程路後眼前海天忽然變得開闊，點點鷗鳥在腳下飛旋。面前出現了書中所描述的大面積礁群，一片一片岩礁七仰八歪像是巨大海龜在晒太陽，上面聚棲著密密麻麻的水鳥，幾隻海豹的腦袋在海面浮上沉下，正玩耍得自在。我下意識地巡視礁石的表面，果然上面爬滿厚厚的海藻。它們是否就是當年令華人紫菜農夢繞魂牽的紫菜？抑或海草？也許，這已不再是什麼有意義的問題了。據說，當年為了清除海草保護紫菜，菜農們高舉著火把爬上礁石，在海草上面澆注燃油，一片一片地將它們燒死。水草霎時騰起了衝天的火焰，引得岸上觀景的孩子們拍手歡叫，試想那是一幕何等奇特而稀有的情景。如今，這些海草和紫菜只是瘋狂地生長著，自生自滅而已。

路旁偶見一兩張供休息的長椅，是用浮木製成的那種粗笨的老山椅。仔細一看，椅子上面還刻有捐贈的字跡，算是堤岸唯一的紀念物，卻不知其背後的故事。這大概就是當年華人的紫菜農場了，我猜想。前面已無去路，海岸線完全被一大片嶄新的高檔私宅遮住了視線，西班牙式的房瓦躍動著桔色的波浪。再往相反的方向眺望，海灣早已檣桅林立，帆船點點，沙灘上蠕動著許多晒太陽的胴體。

不過在鎮子裡還留下一兩處唐人街的舊堂會和廟宇，據說也都是複製品，原物早已不復存在了。如今隨著傳統的紫菜養殖被日本、中國高效率的人工養殖技術所取代，恐怕更少有人記掛著他們那段歷史了。

坎布里亞毗鄰著名的赫斯特古堡和加州酒莊，遊人如鯽，熙攘紛紜。其中也不乏華人遊客，他們往往成群結隊，在一片「茄子！」的喊聲裡留下到此一遊的拍照。他們也許並不知道漂亮背景上的海礁故事，當年屹立著一群蹲海仔，跟他們同樣的膚色，肩挑紫菜籮筐，潮裡來浪裡去。

奧林匹克深山的隱士

早晨按約定登門造訪鄰居約翰。說是鄰居，他家離我的住處卻至少相距六、七英里，中間要經過杳無人煙的深山老林，車子一直開到前面不再有路，道旁插著「奧林匹克國家森林」界牌的地方，這才到了去他家的岔路口而已。接著我又拐進一條更加隱蔽的單行窄路，過溪橋，穿柵門，再翻過了大半個山頭，這才漸漸開出了林莽。遠遠進入視野的是一片整齊的開闊地，像森林的長髮被果斷的髮型師神剪一揮修平了荒蠻，露出土地的膚色和坦蕩。幾棟房舍錯落有致，這便是約翰的叢林之家了。

只見約翰大老遠就迎了出來。今天他沒戴那頂老厚絨帽倒顯得更年輕活潑了些，講起話來依舊噠噠噠的機關槍語速，思路閃爍跳躍，一不留神會誤以為他是來自洛杉磯的產品推銷員呢。看來一個人是無法徹底脫胎換骨，抹滅身世經歷的烙印，就像木頭雖然變成了家具，但是它的紋理脈絡和材質氣息執著地告訴你它的原籍來自森林。

約翰的原籍來自康乃狄克州，十多年前才搬來華盛頓州奧林匹克山的黎明湖畔。他和太太兩人曾經任職康州一家生化公司，約翰是公司的超級銷售經理，太太頂著杜克大學博士頭銜擔任實驗室高階主管，是不折不扣的高收入伉儷。豐厚的收入讓他們在短短數年內進入了富人行列，家產小有可觀。就在這個時候，約翰突然間迷上了投資股票，而且回報豐厚，可以說賺到盆滿缽溢。面對著突如其來的巨大財富，他和老婆商量乾脆辭掉工作到深山老林隱居。手上除了積蓄，還有這麼一大把漲到決堤的股票，何不提早退休？誰還想再過那種朝九晚五塞車上班的喧囂都市生活？人生得意須盡歡才是硬道理。他們當初的選擇真是羨煞了周圍的一大幫朋友。

我們被包圍在方圓五十多英畝的原始叢林中，約翰的手中似乎展開了一張虛擬地圖，指指點點之間，他家的地界早已跳出我們的視線之外，消失於漫無邊際。這塊林地，歷史上曾是克拉勒（Klallam）印第安人的祖先的故土，西部開發時期，則為獵人過夜歇腳的宿營地。院子裡那一間孤零零的老石屋，據說還是聯邦西部地質勘探隊在十九世紀留下的遺址。當初約翰購置這塊林地時，裡面還住著一位老仙姑似的八十多歲的孤老太太。四周的森林傾瀉而下，像神木的巨大觸鬚將山莊團團環繞，散發著與世隔絕的孤獨和神祕。可是約翰喜歡它，砸錢買下了山莊和周遭的大片森林。

俗語說，常在河邊走哪有不濕鞋？搞不好還會失足栽入激流漩渦。約翰投資的股票碰上了金融海嘯，一夜之間慘跌，所有砸進去的錢損失大半。緊接著在短短的數月之內，他投資的另一家公司又因財務虧損而突然宣布倒閉。這對於約翰一家人來說，無異於屋漏偏逢連夜雨，頃刻遭遇巨大的生活壓力。

世上大抵存在幾種不同的隱居方式。有的隱居往往是因為人生際遇遭受挫折而失望，進而選擇遁世逍遙遺世而獨立。或者，是藉此來表達對文明的反抗而採取「自願貧窮」的人生姿態，隱居變成了一種孤傲的抗爭和批判。前者孟浩然，後者梭羅，他們的生活環境不是平淡便是清苦。而另有一種隱居則並非出於人生坎坷，仕途波折，他們反而是富裕人家，有錢有閒的階層，功成名就之時只想金盆洗手退隱塵囂，人生結局是富隱而非貧居。約翰便屬於後一種，至少當初他恐怕也只是想嘗試一下蠻荒野味，聊度富隱的人生而已，可如今，卻淪為真正的落魄和別無選擇的窮隱了。

有時他會自怨自艾地嘆息道：「最大的教訓就是沒有好好地了解這家公司，讓他們給騙了！」可是抱怨歸抱怨，如今覆水難收，總不能一家人大眼瞪小眼，坐吃山空吧。既然已歸隱山林，大自然就會為他們準備一條車到山前必有路的生存之道。於是他也像梭羅那樣，學著打點零工，給人修房屋，剪草砍樹，甚至開墾自留空地。

約翰在大學時曾經學過園藝，熟悉花草樹木。按照當地人的指點，他上山採蘑菇並大有斬獲，採到的蘑菇又大又鮮嫩。有時還帶著兒子進山採蘑菇，父子倆根據書上的蘑菇圖解，分辨不同蕈菇，也分享著親情樂趣。「我們曾採過這麼大的菜花蘑菇！」約翰將胳臂誇張地彎了一彎，彷彿胳膊裡夾著一個大南瓜。「真有那麼大的蘑菇？」我覺得這太不可思議了。「是啊，就在我們黎明湖的附近山上，你只要出去兜一圈，林子裡有很多的。」他顯出幾分得意的神色來。他將採來的蘑菇當天就賣到山下鎮子的餐廳去，餐館的老闆已和他混得很熟，用他採來的鮮蘑菇當日下鍋炒菜，賣的價錢自然也好。

我打量著他一身的行頭，瘦高身材，一眼就看出是戶外勞動型的體魄。腰間束一條常見的當地伐木工披帶的髒兮兮的厚圍裙，腳蹬一雙據他說是從二手店買來總共花了五美元的高腰山地皮靴，為此他頗為自豪。英文有一句成語「遇海揚帆，逢地搭帳」，中文也說隨遇而安，見機應變。人生境遇如此，不能不勒緊了腰帶，精打細算。他的院中還有自建的溫室，裡面栽種了蔬菜瓜果。不過還要擔心被鼠兔、尤其是麋鹿糟蹋。約翰的溫室不知多少次被野鹿光顧，種植的草莓幾乎被掃蕩一空。可是約翰總是樂呵呵地，談起這些生活小插曲就像品味不知從哪裡翻出的一瓶家釀老酒，爽神而雋永。

這次我在奧林匹克山上待了不過兩週的時間，約翰倒常常過來打招呼聊天，想必也是為了招攬些工作。我家後山坡的雜樹不少，早有意砍伐。如今正好有他這樣的幫手，我也情願讓他來做。聽他一邊鋸樹一邊向我如數家珍地晒他的植物學知識，心想，這人簡直就是一本植物學活字典。經他這麼一說我才知道自己院子四周還生長著如此豐富的樹木花草：道格拉斯冷杉、大葉楓、香柏、赤楊，每個名字都彷彿沾染著一縷詩意的陽光。而桑葚、黑莓、越橘和水仙花則飄散著一片春天的斑斕和芬芳。約翰的木鋸發出音樂般輕盈愉快的節奏，林中則傳來啄木鳥嗒嗒嗒強健執著的鼓點，交相呼應，匯成一支伐木之歌的即興二重奏。

據說約翰的太太後來也在山城裡找到了一份工作，擔任一家非營利機構的負責人，專門為當地失去正常生活能力的殘障人士提供心理諮詢，教他們如何面對困境重拾生活信心。雖然收入不多，可是卻給她和約翰在心理上帶來很大的滿足和成就感。雖然表面上過著一種遠離凡塵的生活，但是他們並不孤獨和寂寞，因為在這裡，他們重新發現了自我價值和生命的意義。

追尋莎士比亞的足跡

離開科茲窩（Cotswolds）古鎮後我們前往莎士比亞的故鄉參觀。汽車行駛在鄉村公路上，坐在靠窗的位置，巨大的車窗使外面的景色一覽無遺。我的視線此刻透過迷濛的細雨，漫遊於南英格蘭逶迤的綠野上。棉絮似的雲團在山丘舒捲，羊群如銀終年如斯地點綴著大地。眼前偶爾閃過一道清澈的溪光，草場上堆放著圓圓的乾草卷，教堂的白塔尖山谷裏掩映。寧靜恬淡的氣氛使我想起了康斯特布爾那些動人的英格蘭鄉村畫來。

因為出身英文專業的緣故，莎士比亞曾伴隨了我大學和讀研的歲月。當年每逢英語系舉辦文藝匯演，我都是自告奮勇上去背誦一段《哈姆雷特》「是生存，還是死亡」的英文獨白，久而久之同學們還給我一綽號「小哈姆雷特」！莎士比亞是我青春時代學習英語語言文學的一段彌足珍貴的記憶。作為他的異國忠粉，此趟莎翁故鄉之旅終於圓了我一大宿願。

我們首先謁訪了安妮・海瑟薇農舍（Anne Hathaway's Cottage），這是莎翁妻子海瑟薇出嫁之前的娘家，也是他們新婚的愛巢。建築物屬於中世紀的風格，具有簡樸的茅廬特色。屋前有一片花園與菜地，據說是後人添加的，而非農莊原貌。也許是為了說明莎士比亞熱愛自然，惜花戀草的緣故吧，人們將莎翁曾經讚美過的花草植物都栽種在了這裡，園藝完美地結合了詩意。農舍一側毗連果園，園中兩三長椅，曲徑通幽。

輕輕地走入農舍，似乎怕驚動了幾百年前的主人。頭頂上忽然咚咚傳來腳步聲，訝異地抬頭一瞧，只見遊客的足影從樓板縫隙剛剛晃逛過去。古屋雖然看上去結構簡陋，卻實則堅實厚重。據說造屋之法採用都鐸時期「木梁結構」（timber framing），不施鐵釘，木楔舉斗，可以歷經數百年而保存完好。我們聽解說員娓娓敘說農舍的幾世紀滄桑，目睹還原了都鐸時代氛圍的佈景和器物，似乎感到一股來自十六世紀的融融暖流。那時候壁爐中的火焰在燃燒，新婚夫婦正在過著蜜月生活。這一年莎士比亞剛滿十八歲，新娘長了丈夫八歲，腹中已懷著他們的第一個孩子。壁爐旁邊那張箱型長椅據傳就是當年這對新人伴坐的位置，解說員竟然示意讓大家不妨上去試坐一下。半信半疑的我便謹慎地坐了坐，可是這張古董傢俱卻早已在我屁股底下吱嘎作響，嚇得我立刻起身，不敢繼續攪擾它的古夢。客廳的傢俱中擺設了不少瓷器，其中有幾件還是中國的山水裝飾盤，頗引起我的興緻。事實上中國瓷器在十六、十七世紀已遠銷歐陸多為上流階層所收藏，可是在相對隔絕的英倫三島當時仍屬於鳳毛麟角。好奇之下，便打聽其中來由。果然這些裝飾盤不是莎士比亞生前的文物，而是家族後代於十九世紀前後才添置的，算是化解了我的疑問。樓上有一屋是海瑟薇的閨房，一張窄小的床鋪旁擺放著那把著名的「莎士比亞椅子」（Shakespeare Chair）。我們的大詩人當年常坐在這把椅子上，大概不是與未婚妻喁喁私語就是信口吟誦一些可能後來將傳誦千古的詩句。不過，小兩口在舉辦了婚禮不久之後，便搬回到斯特拉福鎮莎翁的父母家裡去住了。

斯特拉福鎮（Stratford-on-Avon）距此約一英哩之遙，因莎翁誕生之地而遐邇聞名。每年世界各地慕名而來的遊客逾三百萬，踏熱了通往小鎮的清幽鄉路。在表面的熙攘下斯特拉福仍舊努力保持著一種小橋流水的清新樸素。清澈的愛汶河在河柳中潺潺流淌，水中的卵石，柔嫩的河藻，還有三兩隻戲水的野鴨在眼前一一掠過，似乎幾百年來凝固在了時光的隧道里。

莎翁的故居座落在花木掩映的亨利街（Henley Street）。與安妮・海瑟薇中世紀風格的農舍迥然不同，它是一幢具有文藝復興時代特色的兩層樓舍。屋頂的石瓦取代了茅草，以磚石為主的建築結構使得整棟房屋更堅實沉穩。據史料記載莎士比亞家族在都鐸時代的斯特拉福鎮是很有地位的大戶。因為莎翁的父親約翰・莎士比亞曾是本地的殷實商人，一度擔任過鎮長，家族在當地頗有影響力。可是好景不長，老莎士比亞因欠債打官司輸了，丟官破產，經濟狀況一蹶不振。小莎士比亞從少年時代就已經開始在父親的皮革間學徒做事，後來又到外面打零工補貼家用。

一身文藝復興時期裝扮的老婦向我們輕聲細語地講述著莎家的軼聞。面前的臥房曾是莎士比亞夫婦婚後的居室。按今天雙人床標準來看顯得十分窄小的二人床，曾經睡過這位世界最偉大的戲劇巨人。雙人床頭如同醫院的病榻被高高地墊起，據說這是來源於中世紀的迷信。當時人們認為如果平臥而睡，遊蕩的靈魂不小心就會由嘴巴溢出，被等在一邊的魔鬼順手擄走，帶到地獄裡去。另外還有一種解釋是，採用半仰的睡姿可以避免二氧化碳吸入體內，防止爐煙中毒。看來莎士比亞夫婦對種種民間傳說也深信不疑，莎翁的人文主義思想中參雜著不少的中世紀鬼魂迷信的色彩，這從他的戲劇作品中似乎不難發現。無論是精靈，女巫還是鬼魂，它們出現在半數以上的莎翁戲劇中，這正折射出伊麗莎白時代民眾對於超自然現象存在普遍接受的態度。

隔壁是一間廚房兼作餐廳。只見一位身披莎翁時代斗篷的老者端坐於餐桌前，手裡各攥一把餐刀和湯匙。他正在調侃在飲食方面英國人是如何的鄉巴佬，不像法國人在文藝復興時代早已懂得刀叉使用之法。他妙語如珠，英式的冷幽默引得眾人不時大笑。樓上是莎翁父母的臥室，也是莎士比亞誕生之處。在臥榻下方吊著一張小小的童床，據說出生後的小莎士比亞就常睡在裡面。四百多年前從這間屋裡傳出一聲脆亮的嬰兒啼聲，讓整個世界文壇為之打了一個冷顫，世界文學史上開啟了輝煌奪目的一頁。

花園中正在上演莎劇《哈姆雷特》的片斷：「是生存，還是死亡，這是個問題，究竟哪樣更高貴？」聽著這一段經典道白，自己竟然也不由自主地跟著喃喃背誦起來。三十多年前，那個人生閱歷尚淺的我，何曾領略得這將人生意義討論到極致的獨白的豐富內涵。雖然後來讀研還大大地下過一番功夫寫出幾篇莎士比亞研究論文，卻隨波逐流於當年時髦的形式主義的研究方法，關注的只是語言和意象的繁瑣考證。倒是自己的人生經歷了磕磕碰碰之後，才真正體會出莎士比亞戲劇的深邃與複雜性，他將人類生存的矛盾和困境剖析得淋漓盡致，洞悉人性幽微的深處，讓生死意義的叩問震盪於塵世和冥土，所以說莎士比亞「發明了人性」並不為過。他不是一個單純的文字符號，他是博大豐饒的生命體，劉易斯將他比喻為花蕊紛紜的菊花，千絲萬縷意義無窮，令人目不暇接，真是恰如其分。

亞得里亞海的珍珠

杜布羅夫尼克（Dubrovnik）是克羅埃西亞的一座濱海古城。城市面積不大，步行十分鐘大概就能夠從北到南穿城而過了。曾經寫過著名南斯拉夫遊記《黑羊與灰鷹》的英國作家呂蓓卡・威斯特（Rebecca West）將這座玲瓏小城比喻為「一枚硬幣上的城市」，可謂恰如其分。作為前南斯拉夫的一個沿海省分，克羅埃西亞地理位置和海岸景觀得天獨厚，旅遊業開發甚早，曾經是社會主義南斯拉夫的黃金海岸和搖錢樹。然而到了東歐民主化，包括克羅埃西亞在內的南斯拉夫各加盟國紛紛獨立，狄托主義集權的繼承者們卻不甘放棄獨裁統治，最終演變成為種族屠殺和清洗的不幸悲劇。杜布羅夫尼克便成為當年兵燹戰禍的犧牲品，首當其衝地深陷那場災難，留下難以抹滅的歷史傷痛和記憶。

六月的亞得里亞海晨風清爽，和煦的陽光散發出一片初夏的繁茂和生機。杜布羅夫尼克古城披掛一身素白，巍然聳立大海之濱，以皓石粉壁的潔淨無瑕和中世紀的英武姿態，笑迎四面八方的來客。古城門下人頭攢湧，在佩劍守護神聖布萊茲雕像的凝視下進進出出。這一天我們一行人也隨著人群，穿越城壕吊橋和重重石門進入了古堡。

城堡四周皆由高牆環繞，呈現出典型古代衛城的格局，人置於其中頓生井蛙觀天之感，渺茫卻又安全。購過登城門票，我們便踏上了一條擁擠而陡狹的單行石梯攀援而上，正是一種「重門隨地險，一徑入天開」的雄關要卡的氣勢。當我們個個氣喘吁吁、腰痠腿軟地登上了城頭時，忽然一陣海風撲面帶來了清爽的涼意，眼前驟然變得疏朗寥廓。舉目四望，三面臨海，一面背山。憑立古堡，俯仰滄海飛雲，此時不需要藉助熱播美劇《權利的遊戲》在此地虛構的中世紀場面，彷彿自己就頃刻步入王冑騎士們劍戟鏗鏘的時光甬道裡。

杜布羅夫尼克城堡始建於拜占庭時代，最初用於抵抗突厥和強鄰威尼斯的入侵，城堡牆厚基深十分堅固。周長與高度和一般古堡似無兩樣，然而城牆的厚度卻超過五公尺以上，這和中國長城之厚旗鼓相當，在歐洲中世紀的城堡建築史上鶴立雞群，極為罕有。因此歷史上雖然強敵壓境，大兵圍困卻都攻城不下，古城堡屹立不搖。所以杜布羅夫尼克城堡被美譽為「克羅埃西亞的雅典」，是克羅埃西亞人民的衛城。

歷史上杜布羅夫尼克曾為亞得里亞海的區域霸權，擁有龐大的商業船隊，與威尼斯的海上影響力平分秋色。商業航域覆蓋整個歐亞重要港口，並將東地中海國家，甚至來自絲綢之路的中國特產，源源不斷運往東歐。因此它長期充當歐亞貿易的一條金色的海上紐帶，並且憑藉其特殊的地理位置和高超的外交手段，遊走強權大國之間，以小勝大，以弱制強，鞏固壯大著自己的實力。詩人拜倫稱它為「亞得里亞海的一顆明珠」，可是明珠誰也休想奪取，因為它深藏砸不壞煮不爛的鋼鐵貝殼裡了！

當我沿著曲折的長甬一路走去時，身旁一側是蔚藍的大海，而另一側則是橘紅的海洋。亞得里亞的海水藍得澄明剔透，尤其在白色城堡的映襯之下更顯出一番迷人的景象來。據說在風和日麗波平浪靜的時候，藏身海底的古希臘和羅馬時代的廢墟都清晰可見，還有比這更令人神往的看點嗎？而橘色的海浪在我的另一側，那是絡繹不絕、毗連一片的古城民居的紅色瓦頂。在那一團一團火紅的波浪下面是平靜而美麗的家園，庭院的一草一木表達出每家每戶的幸福指數。這裡幾乎每家後院都是果木扶疏，生氣盎然。尤其是橘樹生長滿坑滿谷，令我想起南加州金桔豐收的季節。盛開的繡球棵棵碩大如樹，讓南加州的繡球小弟小妹自嘆弗如。絢爛的九重葛熱烈而陶醉，穿牆越瓦鮮紅欲滴。走著走著我停下了腳步，前面正在施工，有幾個維修工正吊在城牆半空修修補補。眼前是幾棟倒塌的房屋，斷壁殘垣射入眼簾，上面還清晰可見彈坑的痕跡。原來這就是當年塞爾維亞炮轟古城殘留的廢墟了，據說克羅埃西亞當地市府原封不動保存下來，是因為不願意忘記那一場戰禍給杜布羅夫尼克帶來的災難悲劇。

發生於上世紀九十年代的那場不幸戰爭使古城遭受了前所未有的嚴重破壞。在長達七個多月時間裡塞爾維亞的三軍炮火狂轟濫炸，傾瀉了兩千多發炮彈，勢將古城夷為平地。城堡淪為一片煉獄火海，斷壁殘垣瘡痍滿地。無論民居還是地標古蹟大都受損，城內民眾傷亡慘重。遇難者中包括克羅埃西亞的著名詩人和翻譯家米蘭·密利西克（Milan Milisic）。他一生曾將大量英美詩歌作品譯成克羅埃西亞文，而他本人則因政治異見而長期受到政府迫害，他所創作的富於抗爭精神的詩歌作品多不見容於當局卻備受克羅埃西亞讀者們的喜愛。「尤其在戒嚴的歲月／顯然我成不了任何國家的詩人／因為我屬於少數族裔／『自由』在任何民族的詞彙裡仍然是令人不安的字眼。」（摘自《牆有耳》）。他的詩歌內容正反映出在南斯拉夫的共產體制之下，不僅克羅埃西亞的知識分子和藝術家們受到壓制，甚至連普通民眾也同樣遭受到種族歧視和政治壓迫。巴爾幹半島一向被視為歐洲的「戰爭火藥桶」，而南斯拉夫歷來就是那根及其易燃的導火線。歷史上曾經四分五裂的諸侯小國在二十世紀初才形成民族大融合局面，始稱為南斯拉夫。可是由於歷史形成的原因，不同派別的宗教信仰，族群紛爭甚至同語不同文的語言衝突，讓南斯拉夫的歷史永遠背負上種族嫌隙和宗教仇恨的包袱，被史家稱為「無法化解的古老國仇」。雖然兄弟鬩牆的情形在鐵腕獨裁者狄托專制之下有所緩解，可是一旦社會主義陣營瓦解，原本脆弱結盟的南斯拉夫便分崩離析。一向以大哥地位自居，仍緊抱著共產集權統治心態不放的塞爾維亞對宣布獨立的克羅埃西亞小弟自然要興師問罪，出手既狠又重。

來古城的路上我曾和計程車司機閒聊過去的歷史，他本人正是那場不幸戰爭的倖存者。我們在古城的崎嶇山路上邊行邊聊，經過山腳的一片紅瓦民居時他說自己就是在那個地方長大的，在他十歲的那一年被塞族軍隊占領，房屋全毀，至今連一張他十歲以前的照片都找不到了。後來他們全家躲進了一家旅館，可是他的祖父母卻未能逃過一劫，慘遭殺害並被埋於群葬大坑至今也找不到遺骨。父親為了報仇雪恨去參加了抵抗組織，而他和妹妹最後被聯合國難民組織收留，後來被善心人領養了六年之久才又與父母團聚。他的語氣中如今仍浸染了一種激昂悲憤的情緒，彷彿一座蓄滿傷痛記憶的深湖不小心決堤，壓抑的波濤奔湧而出。

一轉眼戰爭結束二十餘年了，今天的杜布羅夫尼克已然邁出了歷史的廢墟和心靈的陰霾。它在世界新秩序中重新找到自己的定位，不但擯棄了社會主義意識形態的包袱，讓自由市場的春風滋潤經濟軀體，還獲頒世界文化遺產封號，並且被吸收加入了歐盟。克羅埃西亞這只地理外形如燕的大地之鳥浴火重生，正在逐漸成熟長大為翱翔巴爾幹上空的雄鷹。我走下古堡來到了城街，街市上人聲熙攘，異常熱鬧。漫步融合著威尼斯建築風格的中世紀老街，眼前的遊客來自四面八方，擦肩接踵。據說古城觀光客數量每年有增無減，官方統計說去年已逼近了兩百萬。路過一家劇院門前時窗口正排著長隊，一抬頭看到的是一張倫敦劇團演出的《哈姆雷特》的巨幅廣告，這說明杜布羅夫尼克還是一個兼容並蓄，具有開放意識的現代城市。無論是在郵輪碼頭還是各處觀光景點，總會看到一輛輛計程車停放得井然有序，擦洗鋥亮，令人耳目一新。並且一律是高檔轎車，不是賓士就是奧迪，儼然古城一景，不啻是城市另一張漂亮的名片。在保護古城沒商量的前提下，迅速繁榮的觀光業給小城帶來一筆相當可觀的經濟收益。

聖佈雷茲大教堂的廣場矗立著奧蘭多石柱（Orlando's Monument），手執長劍的中世紀史詩《羅蘭之歌》的主人公羅蘭（在克羅埃西亞則被稱作奧蘭多）被視為古城的另一位守護神，這裡也是城市的主要地標，因而參觀拍照的遊人特別多。我圍繞著石柱盤桓了片刻，凝視這周邊的一切，卻覺得眼前景物似曾相識。忽然想起了在美國曾經看過的一本南斯拉夫出版的老畫報，畫報的黑白照片當中正聳立著奧蘭多石柱，四周稀稀拉拉有幾個南斯拉夫青年在閒逛，試圖擺出一幅所謂社會主義幸福生活的情景來，卻偏偏透露出不想讓人看到的生活的灰暗一面。人物的表情單調沉悶，幾分無聊，斯拉夫女性素以美貌聞名，卻難掩抑鬱之態，整個畫面顯得黯淡和壓抑。然而今天的情形卻很不同，迎面走來了一群身著艷麗克羅埃西亞民族服裝的女孩子，她們個個洋溢著青春魅力和快樂氣息，陣陣笑聲如鈴極富感染力。這是當地的民族歌舞表演隊，女孩們剛演出了一場露天節目，接著又趕往另一場表演，生活的節奏緊張而有活力。克羅埃西亞婦女不但能歌善舞，為商貨殖也同樣不讓鬚眉。城門洞下有一位身材壯碩的克羅埃西亞婦女正在推銷她的香包，左右招呼，笑臉迎客。她同樣襲一身明艷的民族服飾，圓胖的臉龐閃爍著一雙精力旺盛的眼色，同時透露著精明和強悍。「我的香包絕對保證香氣兩、三年不變的，儘管放心，包你們滿意啊！」她的推銷殷勤而有感染力。大家都圍著她的攤位，我們選購了好幾款散發著濃郁亞得里亞海薰衣草味的香囊，最後還像粉絲一樣跟她合了影。

教堂時而傳來聖詩的歌聲，飄逸悠揚。如今各種宗教都能在古城自由信仰了，信眾彼此也能相安無事。一路上走不多遠就能遇見教堂或者寺院，可以說四處開花。這些古老的中世紀宗教建築給古城帶來一種肅穆莊重的歷史厚度。我走進了一座天主教堂，此時正趕上信眾敬禱完畢齊唱聖詩。先是由一位老姊妹幽幽地清唱，音質純淨而安詳。接著信徒們的齊唱舒緩莊嚴，餘韻繞梁。多麼難得的寧靜、祥和的氣氛！那些曾經讓民族四分五裂血流成河的古老的宗教之爭，今天似乎終於劃上了一個句點。仰望藍天，鴿群自由自在，圍繞著塔林畫出幾圈優雅的漩渦之後，落在了大教堂的瓦頂。街道從大教堂廣場通向四面八方，延伸出氣勢，延伸出幽深，延伸出悠閒浪漫。

出古城前我們看見一位克羅埃西亞老人坐在路邊拉琴獻藝。他操著一種名叫麗瑞佧（lijerica）的古老樂器，形似琵琶，聲如馬頭琴。彈唱之間頗像我們的民間說書藝人，雖然聽不懂他彈唱什麼內容，可是琴聲旋律卻有一股激越蒼涼之感。老人家頭頂一個鮮紅的圓氈帽，紅色坎肩鈕扣全部揭開，胳臂有韻律地左右揮弓，一隻腳也跟著音樂的節奏急促有力地踢踏著地面，情感熱烈酣暢。他的歌聲吐露一種粗礪渾厚的味道，有一種斯拉夫民族特有的那種直白和抒情，發自於民族的集體記憶與夢想。有一位克羅埃西亞作家曾經用這樣的語言讚美杜布羅夫尼克：「美麗的古城象徵著克羅埃西亞人民的完美精神，象徵著他們蓄藏千百年的偉大想像力，杜布羅夫尼克是我們的永恆之城。」這座古城如同一部立體史詩，為亞得里亞海抒寫下閃亮的記憶。

正倉院展的大唐遺韻

在日本奈良遊覽時，巧逢一年一度的正倉院展在奈良國立博物館開幕。展品多為日本皇室的珍藏，最早可追溯到奈良時代聖武天皇和光明皇后的個人遺物，距今逾一千多年。其中有相當一部分藏品來自中國唐代，是當年日本遣唐使由唐朝帶回的珍品，實屬罕見。

參觀者來自世界各地，尤以日本的中老年者為多。奈良當地人口約有三十五萬，可是每逢正倉院展，古都卻吸引了二十多萬遊客，堪稱當地的一樁文化盛事。

我瀏覽了手中的文宣品，這次展覽共展示五十六件院藏歷代文物，其中有十件藏品還是首次公開露面。展品包括了中國、朝鮮半島和西域各國的稀世珍寶，譬如沉香木畫箱、粉地銀繪花形幾、新羅琴、瓷鼓、麻布畫，林林總總，備受關注。而本展的突出亮點則是兩件來自唐朝的寶物，一件是玳瑁螺鈿八角箱，另一件為平螺鈿背八角鏡，皆是聖武天皇的生前愛物，珍稀無比。

進入了展館後，因為特別想要先睹這兩件珍稀文物為快，我們並未在無關的展廳多作逗留，而是直奔唐代文物的展區。卻沒料到這裡早已是人流如潮，攢動著無數高高矮矮、白白黑黑圍觀的人頭。其中不少人還舉著小望遠鏡隔著人群遙看玻璃櫥窗內的展品，彼此不時交頭接耳，嘖嘖稱奇。大家圍觀的正是此次展覽的兩件寶物：玳瑁螺鈿八角箱和平螺鈿背八角鏡。據記載，這兩件珍寶是天平勝寶八年（西元七五六年）聖武天皇去世後由光明皇后奉納東大寺的二十多件螺鈿寶器中的兩件極品，向來被視為鎮館之寶。據說在中國的現存唐代文物中，螺鈿器物也僅剩數件而已，而且由於是出土文物已受到部分損壞，不復當年的光華璀璨，正因如此，正倉院的藏品更顯得彌足珍貴。

透過近距離的觀賞，並藉助於館方提供的極為清晰的圖片，我對這兩件稀世珍寶反覆端量，無不為唐代的精湛工藝所折服和讚嘆。眼前的玳瑁螺鈿八角鏡盒，通體由玳瑁龜甲精製而成。鏡盒表面鑲嵌精磨的南海夜光貝，編成繁複華麗的圖案，並以連珠紋劃分八個區域，故稱八角盒。在各種各樣花草構成的背景上，設計著鴛鴦等珍禽形象，精巧細膩，栩栩如生。鏡盒的每個側面也是對稱鑲飾著唐草紋、靈芝雲和飛鳥組圖，活靈活現，呼之欲出。由鮮紅的琥珀珠捧出的每一朵花卉，更成為工藝絕倫的畫龍點睛之筆，顯得花枝晶瑩剔透，光華四射。

那面平螺鈿背八角鏡則是聖武天皇心愛的唐物。古鏡外形呈八瓣花朵之狀，鏡面由白銅鑄造，鏡背則由夜光貝精製而成，圖案華美，其間點綴碎螺鈿和綠松石，琥珀攢簇著鮮紅的花朵，顯得雍容富麗，被譽為「中國最美的銅鏡」。

還記得這種螺鈿工藝品從前在小說《金瓶梅》中見識過，書裡面寫道：潘金蓮「旋教西門慶使了六十兩銀子，也替她買了一張螺鈿有欄杆的床。兩邊隔扇都是螺鈿攢造，安在床內，樓台殿閣，花草翎毛。」可是這已經是到了明代，螺鈿工藝品當時仍舊是豪紳顯貴們的專用奢侈品。

看到這裡，作為一個中國人，我心裡難免產生幾分鬱悶。何以中國的古文物在日本得以完善地保存，然而在它們的誕生地卻零散破碎，所剩無幾？這個問題事實上也不難解答，中國歷史上戰亂頻仍，改朝換代，君王僭主走馬燈一般你來我往，「傷心秦漢經行處，宮闕萬間都做了土」，如今那些活色生香的古代宮廷御品在風雨飄搖中，不是失散世界各地，便是隨著傾圯的宮闕化作地下泥土。我們當今能夠見到的骨董往往是沉睡泥土千百年不易腐爛變質的金屬和石器。對於一個擁有輝煌歷史的文明古國來說，真是一則為喜一則以憂。我們的作為好像民間故事中的那只十分能幹的熊瞎子（黑熊），一邊不斷地掰下鮮嫩的玉米，一邊卻讓豐收的果實偷偷從肋下溜走。我們的民族似乎總是熱衷於「珍今」，卻不屑於「惜古」。

再看另一件奇特的唐代女士綉線鞋，這是光明皇后的個人遺物。根據史料，這款精製的綉線鞋曾經流行於唐朝上層社會，其造型在今天看來似乎也很新潮時尚，並無古物之感。麻布精織的鞋底，鞋幫綉以花鳥錦紋，鞋尖稍稍翹起，上頭綴飾一對刺繡花朵，各種色彩深淺搭配相宜，明豔而富麗。《舊唐書》中有「武德來，婦人著履，規制亦重，又有線靴。開原來，婦人例著線鞋，取輕妙便於事，侍兒乃著履。」的記述，所指的正是這種唐代貴婦淑女足下的輕便之履。一雙歷經千餘載的女鞋，至今仍保持著良好的形質和色澤，真是匪夷所思，歎為觀止。

正倉院的藏品保存之所以如此完好，究其原因，一則由於其中大多都是皇宮御品。雖然歷史上日本也屢經戰亂，然而天皇的地位似乎始終屹立不搖，任憑幕府大名們老鼠爭食一般吱吱嚷嚷，卻都沒有誰膽敢去挪動天皇袖口那塊鮮美的乳酪。

另外一個重要因素則在於正倉院在保護古物時採取了極為有效的管理措施和科學方法。據說正倉院古建築物與地面間隔兩公尺餘，形同一座巨大的吊腳樓，寶庫內空氣始終保持乾燥暢通，預防潮濕與蟲害。全部古物密封並間隔保管，嚴格遵守不輕易開封啟櫃的古老館規。每年只定期風晾一次，必選在秋高氣爽之際，藉此時機舉辦正倉院展，讓部分珍品驚鴻一瞥地在大眾面前亮個相，同時也達到展品曝晾的目的，算是兩全其美，可謂用心良苦，令觀者油然而生敬畏之心。

記得來奈良之前，名物學者揚之水先生曾囑我去奈良時一定要看一看正倉院展。這位我一向敬重的師友是國內從事名物研究的學界權威，據她說已經連續六年專程參觀正倉院展，這段經歷後來被她寫成了文章〈與正倉院展的六次約會〉，回顧她歷訪正倉院展的學術收穫。對於門外漢的我來說，許多專業內容雖讀不大懂，但是文章中有一個細節卻給我留下了深刻的印象。我們今天閱讀古代詩文通常要藉助註釋才能將詩文的意義了然於心，可是古詩文中時或出現的某些器物早已失傳，註釋者難免穿鑿附會或者曲解誤釋，所以名物考察與實證就顯得尤為重要，用揚之水的話說，既要「還原於史，也還原於詩」。她還在文中舉例，唐代詩人楊炯的〈臥讀書架賦〉中的臥讀書架，歷來為釋家誤解，後來經她考證了正倉院藏的唐代相關文物，才解決了這一椿器物懸案。因此，正倉院藏的形質完善的古代文物，尤其是許多標記著年代與來源的珍品，不僅對於一般民眾會產生「不啻身在盛唐之世」（傅芸子語）的穿越感，對於專業研究人員亦具有不可或缺的第一手材料的珍貴價值。

據介紹，這次正倉院展的展品數量僅占館藏的近萬件珍品的一小部分而已，卻已充分折射出奈良和平安時代日本與東南亞以及西域各國，甚至希臘、羅馬等地中海國家之間，高度繁榮的文化與物質交流的景象。因此展覽文宣品上稱正倉院為「絲綢之路的終點」，是有它確當的理由的。

對我來說，能夠在異國親眼目睹中國盛唐時期的宮廷御器，並且看到它們特別受到時間膠囊的眷顧而保存完好的形質和色彩，感到十分欣慰。正是由於正倉院在保護古代文物方面所做出的異乎尋常的努力，和對待文化遺產的珍重態度，才使得這些輝煌璀璨的人類文化寶藏仍然光豔四射於二十一世紀的視覺世界中。

深秋的落柿舍

京都近郊的落柿舍是日本俳諧大師松尾芭蕉曾經客居過的地方。探訪落柿舍的那天，我們先是從京都市內搭公車，花了近一小時的光景才來到了小倉山腳的車站。下了車後又按路人的指點踏上了一條僻靜的郊外小路，卻因路標不明左繞右拐後迷了路，最後還是由好心的路旁店家為我們畫了一張地圖才順利找到。

說來難怪要費些周折，落柿舍從外觀看，平常得跟周圍的老宅幾乎沒有兩樣，因為年代久遠倒是顯得更有幾分陳舊黯淡。古柿樹枝紅杏出牆似地伸出矮垣，鮮紅的秋柿倒十分醒目。臨街有一扇青瓦木門，乾淨的砂石小路通往院落，院子深處坐落著幾間古茅屋。

這棟茅屋原是江戶時代俳句詩人向井去來的故居，始建於貞享二年（一六八五年）。向井去來曾是小倉山二尊院的佛學弟子，曉天文醫術，尤好吟詩，後來拜師俳聖松尾芭蕉門下，為「蕉門十哲」之一。有詩集《向井句抄》行世，並輯錄松尾芭蕉與門生俳諧作品為《猿蓑集》，流傳於後世。松尾芭蕉十分薦拔這位弟子，讚許向井去來的俳諧造詣為「關西第一人」，他在日本近代俳句史上具有重要地位。

故居保持了江戶時期的建築面貌和環境氛圍。房舍大致由三個部分構成，偏右的一間為灶房，參觀者由窗口可將廚房一覽無餘。按今天土豪標準來看，面積頗嫌狹仄，好像轉身都是個問題，然而灶、薪、鍋、鑊和罈罈罐罐應有盡有，十分周備。不難想像當年鍋碗瓢勺叮噹交響和煙氣蒸騰的忙碌情景。

毗鄰是一間臥房，入門玄關處安置一盆也許熄了幾個世紀的地炭。室內光線灰暗，竹木土坯結構卻使得四周舒貼溫暖，外面寒氣不侵。由此脫屐登階便可進入冬暖夏涼的榻榻米寢室了。

茅屋為椽竹構築，葦秸麻繩扎箍得密密實實，工藝精巧。這讓我不由得憶起了曾造訪過的莎士比亞故居——海瑟薇茅舍。整體來看，它不同於都鐸王朝建築風格的高挑和敞闊，落柿舍最大的房間不過十三平方公尺，餘者都在七、八平方公尺的面積，格局小了不止一倍。然而日本鄉舍的建築風格畢竟體現了東方美學的追求，流露出簡樸清幽和回歸自然的情趣。

有趣的是在茅屋外牆仍懸掛著一副主人的蓑衣和斗笠，據說這是一個當年的暗號，提醒訪客，庵主是否在家還是出外了。在那個流行晝耕夜誦的年代，耕讀的主人的生活方式也相對單純，不是在田野鋤地，便是風雨夜歸，卸下蓑笠和一天的勞累，在家中等候三兩會心人來閒飲賦詩的吧。

秋陽灑滿緣廊，開放式的門廊連接著靠左側的客廳，這裡採光既好又可安臥斗室而飽覽園景。廊檐下有一對齊整的蒲團，旁邊陳列著許多與落柿舍相關的文史資料和圖片，關於三次造訪茅廬的松尾芭蕉的軼事和他已成為文學經典的《嵯峨日記》等各類出版物，尤其豐富。

《嵯峨日記》寫成於元祿四年（一六九一年）夏天，是松尾芭蕉第二度來落柿舍客居的生活記錄。這次他一共停留了十八天，日記涉獵甚廣，不只是他的生活瑣碎，還多有他對俳句藝術、山水地理和人生哲學的觀察與感悟。在此期間，他並創作了多首靈光閃爍的俳句作品，成為松尾芭蕉文學生涯中一個具有特殊意義的組成部分。

松尾芭蕉在日記中對落柿舍有如下一段頗具感性的描述：「京都有向井去來別墅，位於嵯峨竹樹叢中。近鄰嵐山之麓，大堰川之流。此地乃閒寂之境，令人身心怡悅，樂而忘憂。……戶外，樹影森森，殊覺可喜。此一地清陰，乃去來送吾之最佳之禮物也。」師生之誼與山水之樂，躍然紙上。

僅就手邊可查找到的中文譯文，我就發現了多首松尾芭蕉的小倉山俳諧之作，從中可以一窺詩人的山水田園情懷。譬如他有一首稱頌當地茂林修竹景色的俳句〈野明家〉，詩云：「嵯峨竹，清涼入畫圖。」另外〈在小倉山常寂寺〉的俳句中他藉以陣陣暖風來揄揚松杉：「讚美松杉，薰風聲喧。」都是詩中有畫、畫中有聲的名作。

那一天我有幸見到了落柿舍紀念館的館長櫻井博先生，他說話輕細柔和，談起落柿舍的來龍去脈如數家珍。在他的敘述中，我得以了解這幢故居曾經歷過多次維修，最近一次大型修葺還是在明治後期竣工的。歷次維修都必須嚴格按照茅庵的原貌，修舊如舊地還原歷史。有關落柿舍名稱的來由還引出了一段有趣的故事。當年落柿舍曾栽有四十棵柿樹，每當金秋時節柿子成熟，向井去來便要採摘下來，送去市場販賣。然而某一年在採柿的前一晚，一場突如其來的暴風雨將全部果實從樹上吹落，受了風災的柿子不值錢，損失慘重。事後向井去來在給友人書信中大吐苦水，並順手自我調侃地以「落柿舍主」落款，這個奇特的舍名於是在雷閃雷鳴聲中流傳了下來。

櫻井博先生在交談的過程中偶爾停頓一下，仔細斟酌某個詞彙該如何用英文表達。在他的身上，學識涵養與日本人的細膩周全似乎融為一體，透出儒雅的氣質。他在講述這些過程時，詳細到連當事者的妻小家眷也不遺漏，甚至還找來了紙筆，為我畫出當年落柿舍與小鎮相隔的距離，去鎮裡送貨路上所要花費的時間等等。使我十分欽佩日本人的專業素養和敬業精神。

關於松尾芭蕉的話題，使我回憶起了青年時代，我與這位俳句大師的一段特殊的文學之緣。那是在八〇年代初，我剛從大連外國語學院（現已更名為大連外國語大學）英語系畢業，留校任教，與日語系的幾個年輕助教比鄰而居。那時候大家都醉心於文學，彼此走動頻繁，少不了海闊天空地談古論今，高興時借酒和唱卡拉ＯＫ助興。當時國內還沒有流行這種音樂伴唱的東洋舶來品，因為總有從日本進修回來的老師帶來最新款的音響設備和日本歌曲磁帶，在我們小小的助教樓裡率先颳起了一陣東洋風。我跟著哼唱〈四季之歌〉或〈兩個人的大阪〉，在微醺的醉意裡，似乎也能體會日本文學營造的那種獨特的精神氣場。

我的專業是英美文學，彼時正沉迷於英美現代派詩歌，尤其是對龐德和他標榜的意象派，更是奉若神明，當時對此流派曾經受到日本俳句的影響甚感好奇。好友L君專攻日本古典文學，對松尾芭蕉的俳句尤有些研究心得。平時在一起時，他聊他的「芭蕉」，我侃我的「英鎊」（英鎊與龐德在英文裡為同一字，故L君戲稱龐德為英鎊）。從他那裡，我慢慢增加了對這位日本俳聖的了解，尤其是第一次讀到芭蕉的名詩〈池塘〉，感覺不亞於一次心理地震。他的意象排列，蘊含深邃的短章，具有一種隔牆擊掌的穿透力，不著一字盡得風流。這與意象派詩歌所追求的凝練而含蓄的審美觀如出一轍。「古池塘，青蛙入水，發清響。」這是翻譯家李芒先生的譯文，L君推崇備至，認為在音節形式和韻律意境的傳達上，最接近原汁原味，遠好過周作人、林林等翻譯名家的譯文。

不久後L君便去了日本深造，並最終取得了博士學位，此後留在了京都大學，做起了語言學的教授，而不再專攻文學。一轉眼三十多年過去了，偶然翻箱倒櫃，竟發現了他當年送我的一篇他翻譯的鈴木修次論芭蕉的論文，想起這位老友，心中不勝感慨。

落柿舍花樹蔥蘢，景色幽雅空靈，舍間小徑通向詩碑點綴的庭院深處。這裡四季花草盛開，春色無邊，許多俳句謳歌的花卉被栽種在這裡，譬如白梅、茱萸、菖蒲、百日菊、紫式部（紫珠）、雪柳、馬醉木等，展現出詩意和園藝的巧妙結合。

松尾芭蕉深愛小倉山的一草一木，對離開落柿舍眷戀不捨，並因景生情在日記中寫道：「明日離去落柿舍，心猶不捨，乃巡看舍內諸屋。今日落柿舍，補壁白紙亦殘破，梅雨落蕭瑟。」末尾這首俳句現今仍然留刻於園中的詩碑上。

詩人離開落柿舍時，正值梅雨夏季，而我造訪此時已是紅葉欲燃的深秋，天空時晴時雨，似乎很適合來一趟小倉山。我坐在一街之隔的二尊院御園亭，星星一樣的楓葉落了滿地，院子裡很靜肅，偶爾傳來幾聲竹筒添水的響動。

相傳二尊院開山祖師空海當年從中國帶回紅豆良種栽種於此，小倉山紅豆因故成名。我在二尊院糕點鋪特意買了一份紅豆八橋餅，這是很受日本人喜愛的當地名產，菓餅玲瓏酥軟，甜而不膩。用心的店家還特別地在菓碟中點綴了一枚精製的楓葉，京都之行平添了一番雋永的韻味。

台灣小吃的「古早味」

在台北長安西路，我們在擁擠的早餐店裡好不容易等到了空位，要了油條、燒餅夾蛋等不下七八種的早點，另外加上幾杯溫度任你選的豆漿、米漿和豆花。幾杯下肚之後，旅途倦意全消，周身登時冒出一股舒坦之感。

經十幾個小時的飛行來到這個熱情的寶島，除了旅行觀景、換個好心情，正想趁此機會在這個令天下老饕們垂顧的美食勝地大飽口福。一大早，我們便攤開了酒店提供的一張觀光地圖，目光繞來繞去，省略了那些花花綠綠的景點地標，最後落在了這家老字號的油條豆漿店。

店裡正是早餐忙碌時辰，開放式的廚房熱氣蒸騰，鍋碗勺鏟乒乓作響。師傅們在前台和後廚點餐叫號的大呼小應聲中，忙而不亂準備著各式早點。幾位面點師在廚房裡嫻熟地和面或揮杖擀皮，其中也有阿嬷級的幫廚老當益壯地發揮餘熱。只見擀麵杖下撲棱撲棱地吐出片片均勻而粉白的圓麵皮來，拌餡團口做小籠包或抻面撒料烙蔥油餅，令人不由地產生味覺的聯想而口角生津。所有的點心小食都是當地人稱道的「古早味」，豆漿米漿也絕非大賣場速凍加熱後的飲品，一股濃醇清新的豆子香氣頃刻溢滿了齒頰，唇角淡淡地有一種豆沫的質感，是一種大地恩賜的味道。

曾經讀過梁實秋先生的文章，提到一位千里買油條的海外遊子，竟然一次將兩百根油條偷偷藏進旅行箱帶回了美國，就是為了啃膩了漢堡包時能三天兩頭地嘗一嘗家鄉味！雖然此類饕客壯舉今天難逃海關的扣罰，如此原汁原味的美食，不撩起超級鄉愁的衝動也難。

台灣小吃久負盛名，據說寶島美食夜市已取代了台北「故宮博物院」翠玉白菜的地位，成為世界各地遊客訪台的首選。前幾年的一次風味美食全球海選，台灣小吃還拔得了頭彩，令天南海北的老饕趨之若鶩。

在台灣的這段日子裡，我們可是沒少去夜市湊熱鬧，四處吃吃喝喝，遍祭了五臟六腑廟。某天我們從外雙溪張大千摩耶精舍參觀出來，已是饑腸轆轆。剛好士林夜市就在附近，只需等公車片刻時辰，我們便在燈火昏黃之際三繞兩拐找到了夜市。在降臨的夜幕中，只見燈幌招牌閃爍一片，誘人的飄香和蒸騰的熱氣撲面而來。殷勤的吆喝聲、五花八門的小吃和形形色色的飲料令我們舉棋不定，竟有摸著任何一張餐桌都想坐下不走的慾望。可是我們無法坐下來，因為所有的位置統統被食客們占滿。去排隊卻總是發現自己是站在長隊末尾一個。放眼望去都是吃得滿頭飛汗的食者，包括婦孺老幼和膚色各異的中外老饕，每人面前捧著一碗麵線或一碗魚羹魚丸湯，或說不出名堂的煎、烹、烤、炸、滷、煮出來的鮮美無比小吃，或坐或立旁若無人地哧溜哧溜地豪吃。不由得令我歎服美食作家焦桐先生所謂在台灣飲食非為小道，實屬天經地義之大道的洞見。

因此台灣小吃也可以登堂入室，成為一張亮眼的文宣品牌。很多地方看到在眾多的展品中美食被放置在相當顯著的位置，足見其遠已超越了普通的地方風味小吃的意義。聽導遊義工無不驕傲地介紹著當地的傳統飲食，並且現場提問讓大家猜一猜當今最受歡迎的幾種台灣美食。當獲知蚵仔煎高居排行榜的第二名時，不由地讓我頓生英雄所見略同之感。蚵仔煎是我愛啖台菜的軟肋，是令我食指大動的舌尖衝動。在美國生活了這麼多年，我和家人時常會去一家洛杉磯的台灣菜館，每次都必須叫上一碟淋汁蚵仔煎。利用以往出差福建的機會，我也品嚐過廈門老街的鮮炒蚵仔。但是這次來台，感覺到當地蚵仔煎呈現出台灣師傅獨到的廚藝和經驗。菜相鬆軟酥孋，散發出一股噴香的鍋火味兒，入口滑嫩順胃，淌著滿滿的甜辣汁和暖意。相比之下，我們加州的蚵仔煎感覺似乎欠了些火候和味道，難有台灣本地師傅手法的道地。可是我們又怎麼能去苛求大多是台灣師傅再傳或者現學現賣的新移民徒弟呢？

台灣美食不但滋味醇美，還頗多山蔬野味，具有一股鄉土氣息。在去阿里山遊覽時，我看到山地野徑上一簇一簇鮮脆欲滴的野菜，名字叫山芹。導遊說它是當地人常吃的家常菜，是當地特產。午餐時店家果然為我們端上了這道美味山芹，作法少鹽少油，讓味道自然溢出，甘爽的口感裡有淡淡的阿里山泥土的清芬。據說山芹還有清血、降低膽固醇和高血壓的自然療效，令我咂舌。我還在這裡吃到了童年時吃過的嫩蕨龍鬚菜，在西南貴州當地人則形象地稱它為雞爪菜。當然吃山地野豬肉卻是人生頭一遭，雖然口感稍顯粗硬，可是那股子山貨之鮮卻別有一番風味。稍感意外的是，我們還嘗了一回創意小菜「水蓮清炒」。據說這道野菜得名於陳水扁和呂秀蓮，色味搭配不能不說珠聯璧合，煞費一番苦心，可是野菜原先的名字龍骨瓣莕菜卻很少有人知道了。寶島雖小，然而政治化氾濫連無辜的野菜也難以倖免。

台灣的政治與美食確乎盤根錯節難捨難分。某日我們正坐在台北的小吃店裡用早餐，外面匆忙走進一老者，說是來給集會抗議的人取便當的。近日有數百人抗議者圍堵在「立法院」外維權申辯，致使很大一塊區域用鐵絲網團團包圍起來，我們每次路過都不得不繞路而行。然而正如台灣俗語所言「食飯皇帝大」，爭取權益恐非一朝一夕之功，可是解決轆轆饑腸卻在當下了。只聽到那老者和店家一面寒暄一面對照菜單一份份數點著便當——滷肉飯、鹽酥雞、生菜包、清湯牛筋麵……不一而足，最後還不忘加上臭豆腐和木瓜奶茶，然後左拎右提幾大包匆匆離去。

台灣美食素有「戰爭食物」的別號，據說是一波又一波戰亂劫餘的衍生品。不同的菜系因紛至沓來的各地移民而色彩繁雜、各引風騷。一邊不斷衝擊本土飲食的傳統結構，一邊奇妙地將背景殊異的各個族群凝聚到一起，擴大著台灣飲食文化的內涵與胸襟。近幾年來台灣的美食業更是風生水起，呈現繁榮景象，堪稱台灣乏善可陳經濟中的一枝獨秀。

回到酒店讀到了當天的台灣《經濟日報》，剛公佈的統計數字說差不多九成來台遊客去過當地美食夜市，而來自夜市的稅收數字也正在逐年增長，比前一年又增加了好幾個百分點。有人擔心島上的美食是不是炒得過熱了，只怕有一天台灣不再是以科技聞名，而淪為老饕口下的小吃島而已。這種末世論調當然是見仁見智。台灣美食的魅力不僅抓住了全球老饕們的腸胃，也由此推波助瀾刺激了夜市產業和就業市場，對台灣的社會與民生豈非是一樁好事？

阿里山森林散記

雖然還是春季五月，可是台北卻已感受到了夏天的提早到來，尤其是我們逗留的那幾日天氣更顯燠熱難捱。按預定的行程，接下來兩天正打算去阿里山遊玩，心頭不由地登時閃過一陣清爽和豁亮。

台灣詩人席慕蓉的詩句確切而形象地道出了此時此刻的心情：「一車車遊客從大陸來／竟登課本中的阿里山」。小時候在大陸上學讀書何曾不從課本和流行歌曲中熟悉阿里山？雖然後來負笈大洋彼岸，又最終落腳在北美的華僑社區，周圍認識了不少台灣來的朋友，原本作為寶島符號一樣的阿里山因而變得更加具體而鮮活起來，似乎不再那麼遙不可及。

車窗外是一片色調濃郁的南國景色，吸引了我好奇和多少有些不適應的眼球。對於從南加州來的我來說，也許棕櫚樹並不算稀罕，可是那些在春風裡搖枝擺葉如跳土風勁舞的檳榔樹和椰林，卻是一種視覺的多情挑逗，透露著濃厚的台灣鄉土氣息。

阿里山素以「日出、雲海、森林、櫻花、小火車」五大景觀而聞名，然而若論鎮山之寶，恐怕當推原始森林。在綿亙數百公里的中央山脈腹地阿里山域，古木蒼翠，氣象萬千。無邊無際的碧綠盡染大地，遠望恍似潑墨山水圖，氣魄雄渾。同時又如張開的巨幅碧葉，既為寶島擋風遮雨，也為大地生命灑下一片清涼之蔭。

俗話說得有理：「山中小氣候，林下三伏涼」。雖然山下溽熱難捱，然而汽車一開進山區卻忽覺清風拂面，林叢樹梢掛起瀰漫的霧帳，一陣山風滾過，竟劈里啪啦落下了雨點。山雨時疾時徐，混合著森林的沁涼氣息將旅途疲勞和躁鬱的心境洗刷得一乾二淨。

跟隨著導遊的腳步，不久我們與阿里山的相會便在春雨中開始了。我們幾個人身披雨具閒逛於古木幽林之間，野花蔓草腳邊沙沙作響，閃亮的清溪隨山路蜿蜒縱深。這場森林之約似乎既浪漫又充滿期待，彷彿在密林深處，在水窮雲起之間藏匿著無數大山的祕密，等待我們踏訪和尋覓。

阿里山物產豐饒，林相俊秀，這裡不但生長著世界珍稀樹木——台灣紅檜和扁柏，也蘊藏鐵杉、柳杉、台灣杉、華山松等獨特品種，不愧為胸懷廣大的森林海洋。雖然歷史上屢遭掠伐，今天台灣依舊倖存著世界上數量最多的紅檜，乃阿里山百木之王，台灣瑰寶。

紅檜的外表細膩光潔，紋路清晰，並無古木龍鍾骨裂粗糙之態。枝椏和樹葉勻稱飄逸，低垂之態富於輕盈彈性。我曾見過內華達山脈的巨杉，號稱「地球上最大的生物」，也並不陌生欲上雲霄攬月的加州鑽天紅木，若論外觀，紅檜並非陽剛霸氣的類型，也無鶴立雞群的野心，雖然同屬森林巨人，可是其形貌用我們導遊的話來說，大概屬於巨人中「陰柔婉約」的類型吧。由於樹體芳香，分泌出的芬多精可用來提煉香料，具有利眠安神的自然療效。然而紅檜真正的價值則在於它的防蛀抗腐耐潮性質，作為一種珍貴的建築材料，它一直都是建築業趨之若鶩的良材。可是也正是因為它的稀有經濟價值而惹來了麻煩，幾乎招致滅絕之禍。

走在神木步道遊覽區，巨大的斷根殘木不斷地射入眼簾，歪七扭八布滿了濃苔老藤，彷彿是龐貝古城的火山灰人，在凝固的驚愕中不知所措。台灣自然生態史在此被粗暴地撕碎了一頁。

大約四百年前，台灣還是森林面積幅員遼闊的島嶼。原始森林覆蓋著百分之七十以上的土地，世世代代庇護和滋育著這裡的原住民。然而自從荷蘭殖民時代和明清伐木時起，島上森林資源便開始受到掠奪。尤其在進入日據時代以後，森林砍伐甚至濫伐情形更是達到前所未有的地步。

據台灣歷史學家史明的敘述：「人煙稀薄的深山幽谷，終於被侵略者打破了幾千年來的神祕和寧靜。」上世紀初，阿里山來了幾個至今附近山頭還冠以他們名號的日本地質勘探家，當他們東尋西找四處奔波而一無所獲之際，卻意外地發現了世界珍稀建材台灣檜樹。於是隨著日本在台灣不斷加快殖民的步伐，掠奪阿里山森林資源的大規模砍伐也正式開始了。日本人重視效率，很快發現初期的人畜運輸原始耗時，於是建造出獨特的世界至今僅有的三條高山鐵路之一的阿里山森林鐵路。隨著一聲汽笛的長鳴，滿載著紅檜、扁柏等珍貴原木的小火車九轉八盤翻山越澗地開往日本人創建號稱東亞最大木材集散地的嘉義，加工處理後，再由貨輪運送至日本和東南亞日本殖民地供商用和軍需。

不久前遊覽日本古都奈良時，我意外地發現了利用台灣紅檜建造的佛教寺院。千年古寺在修復過程中，使用了質地堅固木紋華美的台灣檜木，重修後的金堂寺和藥師寺內還陳設著一截台灣紅檜樹模與展品說明牌供人參觀。近代日本的許多神社寺廟，甚至皇宮的建築和修復多取材於阿里山的檜木，已是不爭的事實，百年來以棟梁之軀支撐著大和民族的鳥居和樓宇，裝飾著日本列島的園林之美。

原本以為光復後台灣的森林總算可以休養生息，遠離斧鋸之殃。然而內戰烽火以及連年備戰反攻大陸之際，人類貪婪和掠奪之手又一次伸向了阿里山，致使檜木的數量降到瀕臨滅絕的境地。一直到了上世紀末，阿里山林木砍伐才正式終止，將森林還給了阿里山和大自然。

林地上盛開著粉艷的杜鵑花，碎金似的雛菊在草叢中洋洋灑灑地閃爍。離我們不遠處，幾株阿里山名卉一葉蘭正含苞欲放，若不是導遊指給我們看，大家還險些錯過了一睹名花的機會。在雨後的陽光下，一葉蘭略顯羞澀地打著水珠晶瑩的骨朵兒，氣質高貴冷艷，略帶幾分神祕色彩，畢竟那是阿里山群芳之主，能一瞥芳容已算是我們的幸運了。而山地多花紫藤則顯得熱情大方四處攀繞，一嘟嚕一嘟嚕地懸掛著紫色火焰瀑布，看上去斑斕炫目。

從前常聽說「愛拚才會贏」這句閩南俗語，在阿里山，我似乎發現了台灣人這種堅忍達觀的性情，在逆境和挫折裡能夠發現快樂與幽默，在平淡無奇中善於釀造詩情與浪漫。在神木步道常常可看到一種特殊的根藝景觀，就是利用殘根斷木重新加以藝術設計或命名，化腐朽為神奇，賦予它們新的生命。譬如一塊矮粗樹墩被取名作「金豬報喜」，它那副五短身材長滿苔毛的樣子活像是一頭肥頭大耳的村豬，令人莞爾。還有長藤盤繞的枯根被巧妙地喚作「象鼻木」，極富想像力。教人多少唏噓的則是「永結同心」，連理虯根緊緊相抱情似愛侶，成為一大熱門景觀，可是幾年前卻因颱風遭受損壞，多少有些遺憾。還有一組特色根藝叫作「三代木」，祖父樹早已臥地不起，但在它的腰身上又長出一棵父親樹來，而在父親樹的肩膀上又鑽出一株亭亭而立的孫兒樹。正是「養色含津氣，粲然有心理」，憑藉祖父兩輩深厚堅實的根基和阿里山陽光雨露的滋潤，它頑強而活潑地生長，終有一天又會長成參天巨樹。

近年來阿里山森林生態保護規劃正緊鑼密鼓地進行，檜木等珍稀樹種的再生林也日漸繁茂，呈現出生機盎然的景象。在和平的環境裡，森林保育不但為台灣的山河大地夯實了安穩的基礎，借用阿里山森林保育工作站前主任吳奐昭先生的話說：「森林是上帝給我們的海綿，保護土地的海綿。」是庇佑寶島生態和諧的長青樹。

第二天一大早我們起身去看日出。當我們坐著紅色的森林小火車，在叮呤叮呤車輪歡快的節奏聲中，迎著沁涼的晨風繞山盤旋而上的時候，心中充滿體驗雲霄飛車的興奮與新鮮感。車廂滿載著中外遊客，連過道上也站滿了起早看日出的人。原本為木金歲月時掠奪森林的運輸工具，如今卻變成了漂亮舒適的觀光遊覽車，這種轉變本身見證了時代的進步，成為台灣近現代社會發展與轉型的歷史縮影。

當我們到達祝山車站時，天色仍然濛濛亮。冒著沁骨的涼意我們登上了小笠原山觀景台，卻發現這裡已湊集了不少更早來觀日出的人。等待與閒聊之間知道他們有來自東南亞的華僑、大陸和香港的遊客、還有身背行囊一身輕裝的台灣登山愛好者。據說台灣僅三千公尺以上的高山就有百座之多，一直是登山者挑戰極限的巨大動力。台灣社會很早就興起一波「征服百岳」的民間熱潮，鼓勵民眾踴躍參與攀登台灣高山運動，至今未退。這使我想起了前一天在水山巨木那裡遇到一個從台中來的「征服百岳」登山家庭，年輕父母為兩個孩子向學校請了假，專門花一兩天時間到阿里山體驗大自然生活，不同於一般中國人父母只看重考試升學的態度，令我對台灣新一代的父母刮目相看。

時間一分一秒地過去，阿里山的日出終於在東君大山和秀姑巒山之間的東方天際出現了。前一天還在擔心陰雨天恐怕看不到今天的日出，以往阿里山也常常因雲海瀰漫淹沒山際線而看不成日出，可是今天阿里山似乎特別慷慨豪爽，毫無懸念地將日出的精采一幕展現給我們。

此時天邊的雲朵由殷紅變成了金黃色，雲彩四周閃閃發亮，形成了一座一座的火燒島。忽然間從雲層的背後放射出幾道長長的光芒，亮劍一樣穿透雲靄投向蒼茫大地。山谷的薄霧正漸漸散去，光焰正好朗照在山川、森林和平原上，使得一切景物熠熠生輝。眨眼間一輪晶瑩剔透的朝陽衝破雲靄，噴薄而出，帶著春天的蓬勃朝氣，踏著堅定而沉穩的步伐從群峰之間冉冉升騰。此時萬物甦醒，一片歡呼雀躍，我們洋溢興奮之情的臉龐喀嚓一聲定格在阿里山日出的鏡頭裡，身後是晨光散碎的雲水霞輝。

雄渾靈秀的太魯閣

去花蓮太魯閣遊覽的那天，山中下雨，所幸我們計畫先去太魯閣峽谷的砂卡礑步道。這條山徑由人工鑿壁挖出一人高矮的凹槽古道，構成一道天然雨棚，讓行路人毫無淋雨日晒之虞；又野趣盎然，是可看可玩的一個幽僻去處。

我們一行人沿著古道往前走，右面一側為布滿藤苔的百丈峭壁，左側則潺潺山溪宛然如碧。路旁開著各種野花和樹卉，很多說不出名字來，色彩煞是冶豔。山風徐徐，一股濃郁的花草味鑽心沁肺，令心神舒活清爽。偶爾見到幾朵山花吹落溪中，在漩渦裡轉著圈圈，悠悠晃晃又被溪流悄然帶走了。山溪清澈透明，鵝卵石歷歷可見，翠綠的、朱紅的、嫩黃的，林林總總晶瑩剔透，裝點著河底的樸素。

太魯閣的大理岩是十分出名的，由於特殊的地質構造，岩石被疊壓成一種具有藝術美的褶皺岩，岸壁上處處可見。岩石紋理扭曲抽象頗具神祕的圖騰感，又如刀切一般凝重深沉神似老者的歲月皺紋，而盤旋瀠洄餘波不斷則使它遠看宛若一條凝固的長河，景象甚是奇特。

有關褶皺岩與原住民部落圖騰和刺青的淵源，歷來有各種各樣的傳說。導遊向我們解說，原住民泰雅族臉頰的刺青就是從這種岩石斑斕的紋理中獲得靈感，他們模擬岩紋在臉上刺青，篤信由此會得到祖靈和自然神靈的庇佑，並福澤子孫後代。雖然這個理論有待於人類學家的考證核實，但它至少說明了一個客觀事實：刺青和圖騰無疑都是最接地氣的原始藝術表現，由大自然的鬼斧神工碰撞出來的藝術靈感，往往將部落禁忌和樸素審美觀融為一體，這在世界原始藝術史上早有先河，毫不足奇。

據史料記載，大約兩百多年前泰雅人翻越中央山脈，將部落遷徙至此，從此過著山中無甲子的遊耕漁獵生活，一直到了日據時代，這樣的安居樂業才被迫結束，並遷徙至平原地區安家落戶。在砂卡礑步道如今也只能尋到三兩處泰雅人舊址而已。我們走了大約半個時辰來到了五間屋處，見路邊設了幾個攤鋪，賣些原住民特色小吃。導遊向我們推薦了一款土菜叫山蘇馬告，用野山蕨夾著胡椒香腸吃，清香的口感中帶著一股麻辣。

中午便在布洛灣原住民文化村的山月餐廳吃風味餐，食譜全然原住民菜餚，頗為豐富。我們挑選了竹筒飯、醬烤鯛魚排和山野菜，份量都很大，全盛在木製的盤盤碟碟裡，還喝了兩盅當地小米酒，味道醇香中略帶酸甜，是道開胃小品。餐後大家有些High，竟然興致勃勃地跟著導遊跳起原住民土風舞來。原來導遊是在當地長大的，雖是客家人但從小和泰雅族孩子們玩耍在一起，常於河裡撈魚捉蟹，對原住民的生活習俗自然是耳濡目染。這一即興節目讓我們大開眼界，窺見了泰雅族人能歌善舞的一面。

出了布洛灣山月村後，我們開車前往燕子口。巴士在萬山叢中蜿蜒而行，時雨時晴的天氣為山水增添了幾分嫵媚多姿，令人不時產生無限遐思。雲霧漶漫，扯起層紗重帳攔在路上，汽車穿過時發出撕裂霧幔的嘶嘶聲並夾帶著雨點細碎的敲擊。剛轉過山角卻又是陽光如注，藍天一碧，群峰倒映立霧溪水，彷彿又置身於武夷山九曲溪之畔了。

燕子口位於太魯閣峽谷中地理環境險峻的中橫公路上。因為台灣屬地震活躍島嶼，每次地牛翻身，海陸兩大板塊夾擊之下的太魯閣大峽谷也會跟著地動山搖一番，常有山石崩落，傷及遊客之事。因此我們一到目的地便每人分發了安全帽，去到規定的步道參觀，給我們的遊覽多少平添一些驚險感。

燕子口因野燕築巢峭壁，成群結隊飛來掠去而聞名。這裡的峽谷絕壁經悠悠時光湍流的淘洗，溶蝕出無數大大小小的氣孔水洞，被稱作「壺穴」或「湧泉」。「壺穴」指的是乾枯的溶洞，雖口形精巧，卻似啞巴一言不發；「湧泉」則顧名思義個個口噴珠泉，滔滔不絕，形成奇觀。憑欄俯瞰，怪石嶙峋怵目驚心，一道銀白的山澗跌跌撞撞直奔山口而去，成堆斷根浮木壅積河道，似白骨堆疊，也成為一道奇特的自然景觀。

由山澗上溯不遠處，又有一個著名的景點——印第安酋長頭像。大自然以流水之利刃，在堅固的岩壁上經千百萬年精鑿細刻，雕鏤出一尊唯妙唯肖的印第安部落酋長的側面頭像。這位酋長漠然凝視著大峽谷，歲月如梭已不知望穿了多少日日夜夜。他看上去神色略顯寂寞陰鬱，俗語說「月是故鄉明，人是老家親」，說不定此刻他又犯了鄉愁，思念起北美洲白山黑水間的故鄉了吧？

環顧四周，皆是奇削崢嶸的絕壁直插雲霄，站在谷底根本無法窺見頂端，只能看見雲崖之間灑下窄窄一道陽光，好像太陽也是獲得了特許才勉強爬進了山門似地。

我雖曾去過許多國家公園，如果做個比較，太魯閣地形驚險奇特，景色靈秀雄渾，人文歷史與民俗文化多姿多采，這些似乎都是其他自然名勝所難以望其項背的。誠如十分熟悉太魯閣的台灣在地作家陳列所言，太魯閣是一個「有骨有神」的大自然奇蹟。

在中橫公路遊覽步道上，常常會發現隧道石壁上留下很多深淺不一的斧痕釬印。從那些坑坑窪窪的粗糙外表來看，似乎開鑿的工具和方法都很原始簡陋。透過導遊的介紹，我們才得以了解中橫公路的修建過程，對太魯閣國家公園的形成，尤其是五〇年代的台灣社會歷史環境也增加了更多感性的認識，大自然清新的空氣中似乎參雜了一股汗腥和火藥味。

五〇年代的台海兩岸，敵對形勢十分嚴峻，內戰烽火似乎隨時有一觸再發之勢。台灣出於戰略防禦的考量可以說連年備戰草木皆兵。為了修建一條連接東西海岸、縱深中央腹地的戰備交通要道，史上首條橫貫台灣的超級公路計畫應運而生。據記載，當年來台的退役國軍官兵達上萬人參與了這項建設工程，而他們當時憑藉的工具不過是十字鎬和原始危險的爆破方法進行開山鑿路，可謂歷盡艱辛。由於中橫公路地質結構十分複雜，尤其是在太魯閣峽谷地帶常因地震或颱風引發山石滑落，造成施工人員的傷亡。據記載整個修路工程共造成兩百多人殉難，付出了平均每公里築路便至少有一人殉職的昂貴代價。

面對中橫公路堪稱宏偉艱鉅的人類戰備工程，自然而然地讓我聯想到了千里之外的古長城。雖然它們在修築規模和時空背景方面相差遙遠，可是究其本質而論，卻都屬於傾國力而為之的曠世國防之舉。雖說工程勞民傷財代價巨大，卻又因為它們隱藏的審美價值而於今天華麗轉身，由戰備設施變成福澤於民的豐富旅遊資源，這個奇特的質變彷彿化合反應現象，當戰爭金屬觸碰了和平的氧氣就化為了觀光的美景、美物，令人流連忘返，從而應驗了所謂「化干戈為玉帛」和「鑄劍為犁」等古諺。

國畫大師張大千和黃君璧都曾為太魯閣揮毫作畫，從他們氣勢雄渾的繪畫中，絲毫感覺不到歷史與自然環境造成的那種心理壓力，反而呈現出超越性的優雅與瀟灑，折射了一種內心曠達和安居樂業的人生情趣。可以說太魯閣表現了另一種台灣之美，它讓我感觸到人類歷史與大自然碰撞激盪過程中產生的火花與張力，感受到凝聚著千山萬水之力的那份厚重與胸懷。它的堅韌不拔和內心強大的品格特徵，恐怕非用顏筋柳骨大書其狀不能全其貌、盡其神韻，正如泰雅族人所稱呼它那樣，太魯閣不愧為一座「偉大的山脈」。

參觀胡適紀念館有感

在台北逗留期間我特地去南港瞻仰了胡適紀念館。那一天有些出乎意料的是來參觀的人並不多，除了我和內子之外，在整個觀展過程中似乎也沒有遇到其他來賓。不比不久前去過的某位藝術大師的故居，事先需要預訂門票且不說，屆時還要排隊等候才得以進入。可是在這裡展館工作人員卻在耐心地等待我們瀏覽結束走出了展廳，才引導我們繼續參觀故居其餘部分。雖然這樣一來我們可以放慢腳步看得仔細些，畢竟四顧悄然，難免產生冷清感。

記得此前曾讀過一則報導，說許多來台參加研習營的大陸高校生訪問胡適紀念館，他們發現同來的台灣學生對於胡適的態度倒是頗為冷淡。甚至還有傳聞紀念館中胡適的著作經過三十年仍未售完，如今仍舊以「白菜價」在出售。若不是因我手中胡適著作已收藏了不少，真想趁機掃貨，也順便核實傳聞是否屬實。不過我買了一些紀念物品，價格也倒十分公道。

事實上展覽館的展品內容非常豐富，陳設著大量胡適的中外文著作、遺稿、照片和個人物品，共分為胡適的情感世界、學術文化成就、胡適與近代中國、胡適與雷震等幾個重要的部分展出。大廳的螢光幕上播放的是胡適與蔣介石之間歷史恩怨的紀錄片，披露了他們中間所存在的「道不同而相為謀」的複雜糾結的君臣關係，他們的功過是非無論從哪個角度來看都深刻地影響和改變了中國近現代歷史的發展面貌，至今餘波迴蕩。

可以說大陸訪客參觀胡適故居無形中抱著一種「朝聖」的態度，無論來台的行程多麼匆忙，多少景點名勝要去逛，或者多少會議應酬要參加，有心人總會在排得滿檔的行程表上預留出這麼一個幽靜肅穆的必去之處，穿越繁華的都市和喧囂，來到這個偏僻的角落盤桓半日，才算滿足了一個宿願。這種「朝聖」的現象大概多少與大陸學者近年來重新發現胡適學說的精神價值，尤其是熱衷討論他的「容忍與自由」的思想主張不無關係。海峽兩岸對待胡適的冷熱不均的現象也有被解釋為是否進入成熟的民主社會的一個分水嶺，此論點以為胡適先生所畢生為之奮鬥的自由與民主精神如今已在台灣社會結出果實，因此胡適先生「但開風氣不為師」，非但沒有被捧為神龕偶像，反倒大隱隱於市地成為由他催生的民主社會中的普通一分子。這並非是對胡先生的背叛，實則是民主制度的一種昇華與超越。

至於這些高論是否合理姑且擱置不論，但說我對胡適先生的關注，乃至於神交則完全是帶有一點偶然的因素。在八十年代的中國大陸，胡適仍屬於一個剛剛鬆綁了的意識形態符號，雖然他的著作漸漸進入大眾視野，可是准予出版的範圍仍相當有限，通常是被「政治正確」過的節本才能發行。當時我正巧在翻譯一篇美國學者的文章，文中提及胡適先生早年寫的一篇諷刺雜文「Mr. Just About」（「差不多先生傳」）。據該文介紹，胡適的雜文意在批評某些中國人做事缺乏嚴謹、認真的態度，凡事馬馬虎虎敷衍了事，只要差不多就行的毛病。也是出於對這篇文章的好奇，我當時查遍了我所在的大學和市圖書館與胡適的相關資料和書籍，卻都無功而返。想必胡適這篇揭中國人短處的諷刺文章也被當作「精神汙染」，在出版時被過濾掉了也難說。況且彼時網路也遠沒有今天這樣發達和方便，因此也就不了了之。

直到我移居美國很多年後，偶然從華人社區圖書館藏的台灣版的國語課本裡讀到了這篇胡適原文，這件事才得以解決。我當時的感受確有「眾裡尋它千百度，奇文卻在燈火闌珊處」的小小驚喜，捧讀玩味再三，十分感喟。故事所講的這位差不多先生，最初只不過因為懶惰和馬虎的毛病，造成了生活中一連串的陰差陽錯，後來卻得過且過、變本加厲，雖然患了膏肓之疾，卻敷衍地請來獸醫救治，差不多先生因此自食惡果一命嗚呼。一出錯誤的喜劇最終演變成人生的悲劇，根源皆因差不多先生缺乏嚴謹，或者說認真的生活態度。

以往我對於胡適的了解多限於那些警句，譬如「大膽的假設，小心地求證」，「有幾分證據，說幾分話」一類的片言隻語並不陌生，可是深感都沒有此篇雜文這樣切中要害和寓意深刻。遺憾的是這些年來大陸學界的注意力似乎總是集中在胡適先生的「容忍比自由更重要」的啟蒙意義，卻對他所積極倡導的科學實證精神的現實迫切性關注不夠，連這篇在剖析國民性方面堪與《阿Q正傳》媲美的諷刺傑作很多大陸知識界人士都不甚了然，不能不說是一種奇怪和反常的現象。

胡適先生窮其一生都在為弘揚科學實證精神而奮鬥。早年他從師實證主義哲學家杜威，不僅將實證主義方法論引介給中國的學術思想界，並且融會了清代樸學研究的優良傳統，身體力行將實證主義方法運用於中國哲學、史學與文學幾乎所有重大議題的研究與梳理之中，開創了中國現代學術研究的新局面。雖然許多學術觀點未必沒有瑕疵，但是胡適所倡導的實證主義的研究方法無疑對中國的學術思想界產生了深遠的影響。

即使到了他在南港生活的晚年，我們仍然可以從胡適的日記中感受到他一如既往地提倡實證主義精神的巨大熱情。在民國四十八年十一月二十九日這天的日記中記載了胡適應教育部之邀作了一次學術演講，演講的題目便是「科學精神與科學方法」。他仍然強調「大膽的假設」和「老老實實的求證」的重要意義，並說道：「只要我們跟著證據走，不論做事、求學，都不致大錯，拿證據來，不但是科學的精神，而且是我們日常應有的態度。」

胡適對科學實證方法如此推崇備至，以至於在中國武俠和西方偵探小說之間，他寧取偵探小說，而將武俠小說貶斥為「最下流」的文學作品（見《胡適日記全集》民國四十八年十二月八日），因為在他看來偵探小說使用了科學的分析方法來破案，比那些使槍掄棒只會唬弄的武俠小說不知要高明多少倍。愛屋及烏，這使我們看到了胡適偏頗卻又執著、可愛的一面。

在故居的並不寬敞的客廳裡安放著六張對坐沙發，占據了客廳幾乎一半的空間。在這稍嫌狹仄的空間當年卻常常是高朋滿座，語笑喧闐。胡適是鼎鼎大名的社會活動家，身居顯位自然少不了賓客盈門。據說胡適的態度是無論身分地位來者不拒，必親切接待之，因客廳窄小往往後來的人擠走先來的人。在這方面胡適倒似乎是一個標準的「差不多先生」，對生活條件的要求通常是馬馬虎虎的，並不十分在意。他那位喜愛打麻將的太太與他不僅文化素養相差懸殊，據說生活習慣也有很大差異，常常打麻將到後半夜。可想而知無休止的麻將局對這位學術大師會造成多麼嚴重的干擾，可是好脾氣的胡適一直忍到臨終前兩天才終於下了決心，囑咐祕書去替他物色一所房子，他當時只是簡單地解釋說：「我太太打麻將的朋友多。」言外之意是他可以搬到外面去住，這樣除了白天工作，夜裡便可以專心讀書和寫作了。可見在處理家事和夫妻關係上胡適倒是容忍遠超過了自由，其中的弦外之音令人感慨。

胡適故居的藏書頗為豐富，在室內裝飾物不多的居所裡這似乎成為了最引人注目的部分。大量的線裝古籍和整套文叢洋洋灑灑占據了客廳及書房寬大的書櫃，甚至臥房也被書籍「入侵」，床頭櫃中別無他物都是藏書。據說胡適生前也會常在廁所和汽車上擺放各類書籍，已經到了眼不離書，手不棄卷的程度。難怪他太太常對外人打趣說他們家的房子「給活人住的地方少，給死人住的地方多。這些書，都是死人遺留下來的東西。」胡適剛回台北定居時曾有一個宏願，那便是利用兩、三年的時間，將他未完成的《中國哲學史》和《白話文學史》寫完，算作他一生重要學術研究的交代。然而直至臨終這一計畫並未付諸實現，留下了大量《紅樓夢》、《水經注》及佛教典籍的研究遺稿，據說摞起來竟達一尺多高。究其原因，胡適晚年寫作更加惜墨如金，態度十分嚴謹。他曾說：「人家都以為我胡適寫文章總是下筆千言，一揮而就，其實我寫起文章來是極慢極慢的。」撰寫學術文章需要做大量的考證工作，如果這些考證的功夫沒做到家，胡適是不肯輕易動筆或者發表文章的。

胡適的學說當年頗受到台灣社會的重視，社會上盛行對知識分子的尊重和求知好學的風氣。當時胡適曾收到一封駐守馬祖的士兵粉絲的求教信，向他請教不同版本的諸葛亮《出師表》中的古漢字問題，胡適回信大大嘉許了這位士兵，認為在圖書條件較差的軍隊裡還有如此用心讀書和考證的精神，實屬難得。

餘生也晚，到了我上學讀書的時候卻正逢文革，先天營養不良。套用胡適的那句名言，階級鬥爭就是最大膽的假設，馬恩列斯毛的學說理論便是鐵證如山。這一顛撲不破的「真理」不但放諸四海而皆準，並且「道成肉身」，融化到群眾的靈魂和血液裡，變成砸爛舊世界的暴力行動。雖然後來改革開放，意識形態淡出視野，由於引進了西方文化思潮，在大陸思想界又掀起了一場中西文化的大討論，其震盪發酵的程度堪稱二十世紀八十年代的新文化運動。中國的思想知識界大有將中國幾千年、東西千萬里的問題都一夜之間搞個水落石出之勢。只有更大膽的假設，沒有更小心的求證。卻因為眾所周知的原因，最終淪為一場以悲劇收場的民主運動。

多年以來中國的思想者們似乎總是徘徊於舊的不去新的不來革故鼎新的心態，熱衷於先談主義後談問題，哪裡還有時間和耐心去找證據。正如史學家余英時先生在分析五四運動成果時所指出的，科學與民主這兩位德、賽先生雖已「落戶」中國，卻並未真正「安家立業」：「『科學』在中國主要表現為『科技』，是『藝』而非『道』；為真理而真理的科學精神尚未充分建立。」這是清醒而剴切的觀察與論斷。今天胡適等新文化運動先行者們所倡導的科學與民主精神的根基仍然脆弱，甚至隨時有被拆毀、強遷和註銷中國戶籍的危機。因此在我們大力推動民主與科學進程的今天，就更加需要堅持胡適先生所倡導的那一種認真的精神，需要一種腳踏實地、憑證據說話的耐性和勇氣。

蘇州的基因

利用節假，我去了一趟蘇州。雖曾在南方度過一段童年時光，可短暫的歲月隨著父母奉調支黔，在大西南的崇山峻嶺裡消磨掉。我在東北長大，後又定居北美。幾十載光陰歲月，悠悠間北來北往，竟不再沾染南國的水靈清氣。慣看了青紗紅穗，大峽禿鷹的豪景，卻對小橋流水的江南之美有些陌生，甚至不以為然。明人錢澄之曾寫道「吾鄉有真山水，何以假為？」頗道出我北人不屑江南園林的倔傲心態。好比飲食分野，各引風騷。豬肉酸菜，牛排漢堡縱有果腹之樂，可是每天如此猛吞悶咽，頤間舌底總是有些寡淡，空牢牢的哪還有餘香回味？

滿載旅遊團的巴士車隊泊在園林門口，導遊小旗滿園滿街亂飛。《姑蘇晚報》說節日幾天來蘇州的遊客多為北方人，遠超過長江三角洲區的本地客流。「到北京看城頭，到上海看人頭，到蘇州看石頭！」一不留神聽到操濃濃的東北口音的打趣說。往往是鄉黨結遊，男女老幼。北人南逛，既是審美疲勞的調整，也是飽暖小康後的精神之旅。謁拙政園，賞滄浪亭，攀獅子林，所到之處，瘦石柔水，疏花鳥影。徜徉精珍的山水世界，加上耳畔時聞裊裊崑曲，遂有了幾分縹緲的夢境和醉意。硬漢意志固然不攻自破，陽性詞彙也盡失功能，不再雄起，這是蘇園的清婉氣韻之所在。而迴首千年雲煙往事，江國如夢似幻，又鑄成多少闋紅牙檀板辭令，讓姑蘇平添一份飄逸繾綣的人文風範。

「吳越自古說清嘉」，這種疏淡和雅的稟性不但是精英階層的風尚和品味，蘇城的市井平民也濡染其中，舉手投足顯露出醇厚的文化素養。在我跑馬觀花的一日遊裡，無暇與其他蘇州人交接攀談，倒是跟計程車司機相識了好幾位。不說那些蘇北和外地來的哥們，他們的口氣和容止一下就能辨識出來。當地計程車司機的形神則殊然不同。為我拉腳的這位眼鏡司機小資十足，說起話來透出書生儒雅之氣。談起蘇州，他的語氣裡洋溢著自豪。在他眼中沒一處地方可以跟蘇州相比。論到蘇州人的文明修養，三伏酷暑，汗浹難熬，連六朝古都的南京人都光起膀子在戶外納涼，「蘇州人再熱也不會光膀子的！」他語氣堅定，蘇州人有愛美的原則。春夏之交，我此時穿的T恤牛仔褲，他則是西裝領帶亮皮鞋。將我送到目的地時，他還提醒一定要沿著山塘河街走一趟，那是白公堤的舊址，全然江南小橋流水的景色。而且最好是選在霏雨天氣，那樣蘇州的味道就在襟懷之間了！

遺憾的是蘇州沒能賜予我這樣詩意的雨天。據說昨日春雨如酥，卻在我的腳前溜走，算是美中不足吧。然而看到報上刊載的遊園照片，湖橋上擁擠得如跳貼臉熱舞，我反倒慶幸今日園中略微的清疏了。可是長假之末人流仍是潮來汐往，喧雜不休。尤其是在熱門景區的拙政園，為了拍張到此一遊的紀念照，我不得不爭先恐後，勇奪空檔，可是拍出的照片仍舊滾動著遊客的人頭大瓜。道歉和禮讓是不存在的。視而不見或麻木不仁似乎是遊客們的心理常態。一位年輕父親邊吹口哨，邊手托幼子賜尿虎丘塔下，沒人注意。獅子林的石舫上，兇悍老婦在施暴管教，打得女娃嚎啕亂叫，遊人見怪不怪。耳畔忽聞「撲通」聲響，回頭看時，不見人影，但見「瓶」點波心一顆珠。在寒山古剎，遊客只需向老衲交上三、五元，便可隨意敲響那只沉睡的高樓古鐘。商業化如此，幸哉悲哉？我繞著鐘樓躊躇了半晌，終不忍敲碎那千金難買的唐詩之夢。

「先生想聽評彈嗎？」有人湊近我問道，那語氣對我產生極大的誘惑。崑曲，評彈堪稱姑蘇的保留節目，如何可以錯過。我一口答應，隨著他左繞右拐地來到了一間表演廳。可是未見琵琶半擁的評彈女，卻站著一位裝扮妖艷的小姐，正手抓麥克風狂吼張惠妹。問她可會唱彈詞，她一臉茫然，卻問我能不能請她喝奶茶。這哪裡是紅牙檀板說書場，根本是ＫＴＶ嫖賭場所。不想聽也行，一伸指頭，打折後兩千元留下放你出去。一個彪漢攔住了去路。「你真不懂評彈是什麼意思？就是打炮嘛！」我一陣愕然，至此才大夢方醒。

仍記得當年王蒙的一篇《蘇州賦》，借姑蘇的清山秀水，澆國人胸中的汙垢濁壘。蕩滌鬥爭哲學與暴力美學，喚醒真善美意識。如今，改革開放近四十年，革命及批判撻伐之聲早成過眼煙雲。然而隨著社會的富裕與繁榮，一股黑富風氣和浮躁心態不是霧霾卻勝似霧霾地瀰漫中華大地。傳統的道德倫理不是還給了祖先就是鎖進了博物館。社會上有人痛心疾首地驚呼出「中華民族已經到了最缺德的關頭！」可見建立「和諧社會」，爭取「中華文化偉大復興」不能只是一句口號，一場應景的運動，需要的是長期的薰陶和浸染。拙政園當年曾用作癮君子的戒毒所和救死扶傷的時疫醫院，說來蘇園在療治和撫平國人心理病症上恐怕要勝過那些時髦的「講壇」，「國學熱」，更強過多少碗「心靈雞湯」。她不事張揚，春風化育，酥潤無聲。讓你面對她時，便覺得自慚形穢，無地自容。可是芸芸遊人、眾生，又幾何時有這份心靈的感動，努力去改變自己，進而改變這個世風日趨頹敗的社會？

更加遺憾的是，某些中國的新貴們為要裝點門面，附庸風雅，爭相營造山莊花園，卻反而成為盲目與顯富的敗筆。我認識的某位企業老闆據說甚好園藝，花了大筆錢造了一處別墅花園。他帶著我參觀一番，向我炫耀他的奇花異草。遺憾的是那些稀罕的花名總是伴隨著一串串的錢數，由他嘴巴中嘩嘩流出。甲國的楓樹花了他三十萬人民幣，乙國的盆景空運送來，又花了他二十萬，凡此種種。園中假山修竹，荷池亭榭，宛如蘇園的縮影。此刻亭下面還坐著一列政商顯貴，談笑間噴雲吐霧。正在擴建中的大門土溝裡斜歪著一對石獅子，彷彿在待命上任。「這裡的鄰居都認識我，可我不認識他們！」企業家一面躊躇滿志地說著，一面將幾千元一壺的茶水倒入我的紫砂盅裡。我環顧四周，只覺著這一片山景花苑有的是金粉銀氣，卻無園林應有的清新脫俗和人文韻味，終擺脫不了「入門但聞油漆香」的俗媚與淺陋。

大運河的渾流在我面前緩緩逝去，波光瀲灎處有三兩遊舫駛來蕩往。站在蒼樸斑駁的盤門老城上，使人不由頓生思古之幽情。沿城頭走去，腳下的磚甬隱約蜿蜒荒草之中，不見盡頭。身旁掠過的城堞，剪出一段一段歷史碎影，人像漫步在悠悠的時光川流裡。蘇州經歷了大概《二十五史彈詞》演敘的所有興亡更替，她的玲瓏疆土也曾無數次陷入時空的暴烈搖撼之中。然而，每回她只是輕輕一彈塵土，像從雲霄飛車下來，步履典雅地走出眩暈與恐怖。她的風韻依舊雍容端莊，她的靈魂古老而又年輕。她終於成為江南之美的符號與寫意，更進而變為國民集體無意識的審美崇高標準。這，就是蘇州留給當代的真正文化財富和閃爍青史的永恆亮點吧。站在城頭樓角上，此刻見到對面一戶陽台，淡淡暮暉裡一張老嫗凝望的臉孔。她的視線與我不期而相遇。那是一張十分特別的臉龐，令人難忘。雖然蒼老，可是精緻的輪廓還依稀可辨。五官的細膩令人想到年輕時候是怎樣的清宛可人。她憑欄站在運河之畔的晚風裡，背影佝僂，像枝頹唐的風燭。然而她結實地站立著，沉穩而韌性地站立著，凝固在時間中。我看到了蘇州的基因，美的頑石，她覷見的是否又一個塵來煙去的匆匆過客？

在武夷山尋找朱熹

昨日下了一整天的雨今早停了，天空卻仍舊灰濛蒙的，飄浮著幾簇烏雲。我和同來的幾位福州遊客搭上了一條九曲溪的竹筏，此刻心情興奮不說，還徒然添增了一種漂流江川的挑戰和刺激感。竹筏蕩出江面後，順流直下長溪。雖說過了洪峰後水勢減了銳氣，可是竹筏難免顛簸晃蕩，讓我們幾個竹筏客不時地陣陣大驚小呼，倒也十分開心。就聽筏工一陣江號夾帶順口溜的導遊詞，我們的輕筏如箭一般向前飛駛，將重重山巒與河曲迅速甩在了後面。

「武夷山上有仙靈，山下寒流曲曲清。欲識個中奇絕處，棹歌閒聽兩三聲。」當年弄舟清溪而詩興大發的朱熹信筆而成的這首《九曲棹歌》讓九曲溪名揚天下。武夷山水不僅以大自然的獨特魅力吸引著世人，更以它豐厚的歷史與人文積澱成為當今文化山水重鎮。一行人中我是初來武夷山，其餘的則是一家人，相攜出遊過個週末。他們是武夷常客，言談之中看得出對如今已獲封世界文化遺產稱號的故鄉山水的自豪之情。而我除了遊山玩水之外，也很想藉機尋訪在此完成了那部卓越的《四書集注》的理學大師朱熹的故居和他在武夷山留下的人生足跡。

都說「僧道藏修山水，儒門問學人間」。朱熹身為儒學的宋代集大成者，卻在武夷山中度過漫長的如僧似隱的歲月，弄舟採茗舞文揮墨，竟感覺不到一點「進退一身關社稷」的光環和廟堂氣味。可是另一方面卻又在這裡構築書院網羅門生，將《大學》、《中庸》之道置於天地之講台，融合理學精義於山水，則顯示他氣魄宏偉的胸襟和研精鉤深的用意。難怪錢穆對此發出「出仕則志在邦國，著述則意在千古，而其徜徉山水，俯仰溪雲則儼如一隱士。此亦可以窺見朱子性情之一面。」這樣敏銳而剴切的議論了。

筏在水中流，人在畫中遊。我們的竹筏在通過了重重險灘湍流之後蕩入了水流舒緩的江段。山中氣候多變，剛才還陰雲欲雨的天空此時卻雲消霧釋，水色天光一片澄明。環顧四周，峰巒如饅似筍倒影如畫，丹霞錦崖神奇雄渾。江上時有微風撫面沁入肺腑，令人心神飛揚。此刻守立船頭的篙女也顯出了幾分輕鬆的神態來。一身九曲溪筏女的裝束，她頭戴金黃竹笠，身穿黑褲藍布衫，顯得乾淨俐落。她時而同我們一樣迴首四顧，看不夠家鄉的好山水，時而用長篙點戳清波戲水，留下一圈又一圈漣漪，彷彿一串一串高山流水的樂符。「山門巒仙境，仰首雲峰蒼。躊躇野水際，頓覺塵慮忘。」朱熹當年的這首遊江詩所描寫的不正是此情此景嗎？

有人認為是武夷山成就了朱熹，反而言之朱熹也成就了武夷山，這誠然是水漲船高名至實歸的誇譽。別的姑且不論，單說輕筏一路順流而下，兩岸望不斷摩崖石刻，文人騷客興會揮灑，蔚然可觀。而其中僅僅朱熹的手書岩刻就不下十來處。泛舟留戀之間，無論煮茶垂釣或是談詩論文，都留下了他對人生的感悟和思考。於是我們不禁要問，究竟是什麼緣故促使朱熹在武夷山度過了大半的人生歲月，留下深深的歷史屐痕和豐富曲折的傳說呢？

中午在宋街下了竹筏，又吃了一碗難得的當地風味鴨湯米粉點饑。接著要去武夷精舍參觀，還要攀登天遊峰。雖然有「不坐竹排等於白來，不登天遊等於白遊」的當地俗語，可是實在說天遊峰怎能與那些天下名山相提並論，總共也不過四百來米的高度，即便與閔北的一些高峰並排站立也只能算是個小矮弟弟。可是正是因為有仙則名，山丘也無須高了。這山水的人文氣息如此綿厚雋永，千百年來披裹著一襲繾綣飄逸的書卷煙霞。行走在去武夷精舍的山蔭路上，一側是九曲溪潺潺流過，夾帶著清晰的篙聲和歡笑。而另一側鳳尾竹繁茂如瀑，綠得逼眼。鋪就整潔的石徑曲折而上，遊人迤邐。沒多時辰我便拾階而上來到了武夷精舍的遺址。這便是當年朱熹所獨創的一所宋代民間大學，並且是唯一一所根據朱熹親撰的《四書集注》為教材的理學書院。朱熹曾在這裡前後生活達八年之久，著書立說，倡學傳道，一心要將儒學發揚光大。

園內豎立一尊朱子雕像，秋陽下他安然端坐，衣裾袖帶飄逸，目光殷切和藹，手臂揮舉之間顯示循循善誘之態。他的身後則是書院寬綽的舊址，依山傍水洞天清幽。千年的書院宅基不知經歷了多少改朝換代的風風雨雨，一直到了上世紀文革時期被徹底破了四舊後，便翻修成為解放軍專用的幹休所，故址的原貌幾乎蕩然無存。直至九十年代初才重獲修復，並嚴格按照宋代的建築風格恢復舊貌，如今已是受到保護的世界文化遺產古蹟。我走進了書院的大講堂，面前整齊地置放了幾排桌凳。正上方懸掛著「萬世宗師」的巨匾，下面是孔子的畫像。朱熹的真人大小的塑像站立於授案之後，神態安詳地注視著下方的坐席。然而課堂裡早已空無一人，只剩一對男女遊客，湊在雕像旁戲鬧似地問了幾聲夫子安。

可是朱子能聽到二十一世紀的喧闐之聲嗎？時光回溯到八百年前的南宋初年，當時朱熹為了遠離市井塵囂而選擇了武夷山水，更是因為他的仗義執言得罪了當朝權貴而遭彈劾，憤而歸辭故里。他的一句「無處勘投跡，空山寄一椽」正點明了仕途坎坷官府腐敗，因而無法實現自己政治抱負的無奈選擇。朱熹是大儒，素有治國安邦的理想。可是縱觀一生仕途，他為官不過七年，立朝才有四十來天，怎麼說政治上光芒有限。可是東隅所失卻收之桑榆，當他回歸自然純淨狀態而傾心撰述時，他的貢獻和成就卻石破天驚，光芒照徹了整個歷史長空，武夷山成就了他在中國文化史上的崇高地位和深遠影響。

還記得當年來美留學，在那樣緊迫匆忙的準備中，我還是將《四書集注》作為僅僅攜帶的幾本書之一塞進了行囊，那是我的袖珍故國和鄉愁。當時正值美中西部的隆冬時節，我展卷閱讀書中的某段章節，一行醒目的字句跳入眼簾，朱子寫道：「古之學者，蓋理義以養其心，聲音以養其耳，采色以養其目，舞蹈……以養其血脈。」合卷四顧，周圍一片寒冬景色，冰封雪裏，哪裡看到半點的「采色」，而春天的影子更是遙遙無期呢。如今佇立芳草綠樹之間，眼前落英繽紛，耳畔溪聲鳥語，忽然對這段話語湧出一種頓悟。原來朱子的話語不僅源於生活的實際體驗和感受，而且進一步將大自然投射於精神世界，經由儒學精髓的淬鍊而轉化為更愉悅的審美體驗和更深刻的人生感悟。天然去雕飾的山水本色不但幫助我們恢復了清新視野，更重要的是清除我們心理的視覺障礙。

離開武夷精舍後沿山路攀登，前方不遠處坐落著古茶洞。據說朱熹一生好茶，不但自己品茶、詠茶還親手植茶煎焙。我一路尋訪，經過「崢嶸深鎖」石門坊，又穿越流泉潺潺的岩穴，眼前出現了一片碧綠幽深的谷井。雖然歷經千載，滄桑古茶園仍舊滿目蔥蘢，生氣盎然。「攜籯北嶺西，採擷供茗飲。一啜夜窗寒，跏趺謝衾枕。」朱熹就是在這雲靄繚繞的隱屏山下，悠悠九曲之畔，吟詩嘯傲，怡然採擷收穫。

毗鄰的雲窩「水雲寮」同樣目睹了晚年朱熹在此盤桓沉思的身影和足跡，這也是朱熹的理學前輩二程弟子游酢的歸山茅廬。雖然先賢如今都去，舊址湮滅無存，唯有摩崖石刻於南宋年間的「水雲寮」三個大字至今清晰可見，見證了時隔三代理學傳承的歷史性轉折，伊洛九曲交匯融合，氣勢壯觀。由此武夷山水在中國文學史上不僅攪起一片閃耀的漣漪，在中國哲學和思想史上更是掀起了一股空前的巨瀾。

當我在歷經了八百多級山階的艱辛攀登，最終登上了天遊峰頂的時候，眼前的一切驟然間變得開闊而疏朗。腳下群峰堆疊奔湧不息，一帶碧水蜿蜒東流。周圍遊客們此刻似乎早已忘記了登山的疲勞，不斷傳來陣陣輕鬆的歡呼喧笑，有的則彼此相擁合影。而我也跟著興致盎然地卡位取景，不但要記錄下武夷山符號性的畫面，還要將一路的美景盡藏記憶，揮揮手帶走我對它的一片眷戀。

曾經風雅的董家大院

福州的三坊七巷當年曾經是許多文人騷客興會雅集之地。就像歷史上的倫敦布魯姆斯伯里文學俱樂部一樣，方圓僅幾公里的區域可以說高士名流滿坑滿谷，繁星燦爛。作家故居，詩社會館，畫樓書軒絡繹毗鄰，散落於古街深巷之中。所到之處皆是書香襲面，雅韻裊裊，至今仍散發出醇厚雋永的人文氣息。在三坊七巷的一日遊蹤裡，我按圖索驥四處探訪，極想尋些舊時的風雅物事。

那一天剛由林覺民、冰心故居走訪出來，又去參觀僅一個巷口之隔的嚴復舊宅，卻因內部維修而吃了閉門羹。在南後街百年老字號同利肉燕館稍歇點饑，一抬頭瞅見掛著「董執誼故居」門牌的深宅大院與我毗鄰。宅主的名字雖看著陌生，可是上面提及的一串名字用當今的流行話說可皆是大師級人物，林紓、陳衍、王壽昌、何振岱、陳培錕等名流常來此品茗清談，吟詩酬唱。原來這是一座舊名人會館，清末民初之際文人墨客的期會之所。這引起了我的濃厚興致，因為剛剛失去親瞻「譯才並世數嚴林」的嚴復故居的時機，卻再也不想和《茶花女遺事》的譯者林紓擦身而過了，哪怕這位被責難為「桐城謬種」的末代遺老也不過在此賞曲對詩，打打牙祭而已。

然而這座故居目前仍未對外開放，是當地受到保護的董家後人的私宅。我便在外面打量起這幢由末代帝師陳寶琛手書「貞吉居」門匾的有些神祕氣氛的宅第。它左側緊挨著老饕盈門的同利肉燕館，對面哈根達斯冰淇淋店隔街相望人聲熙攘。僅僅右側有一間不甚起眼的小門鋪，似乎有意深藏不露，上面橫著個字畫店的小招牌。我站在門口環顧，小店四壁清雅生輝，懸掛著不少好看也耐看的字畫。這時裡面迎出一人來，閒聊之中方知原來他正是董家的後人，字畫店老闆董先生。一番攀談讓我們覺得頗為投緣，更使我大開眼界，了解了不少董家的封塵掌故，最後董先生竟然慷慨地為我開放門戶，親自帶我走進董家大院一同尋古探幽。

老宅畢竟是上百年的建築物，裡面顯得有些逼仄和陰暗。我跟在董先生的身後，一路跌跌撞撞地穿過迷宮似的廳堂走廊。前面有一扇大門被推開，眼前出現一座庭院的天井，這是前門「貞吉居」牌匾門道的玄關之處。院子稍顯荒涼，當年談笑有鴻儒，往來無白丁，迎來送往的盛景早成過眼煙雲，恐怕只能留給今人去馳騁一番想像了。接著向裡面又拐了幾拐，走上一條長長的內廊，來到一道上了鐵鎖的門前。似乎不常有人光顧此處，因而更增添了幾分神祕感。董先生將門鎖哐噹一聲打開，外面竟是一座明亮而幽靜的花園。這座花園便是董家當年酬賓待客的場所，或今天所稱的文學沙龍了。

董執誼何許人也？他是清末民初三坊七巷老印書坊「味芸廬」的業主。前清舉人出身，生前曾做過鹽官和諮議局議員，後辭歸鄉里，專心治學著述。他曾廣搜民間文獻和古籍，編輯修訂了富有濃郁地方特色的文學巨製《閩中別記》，被稱作閩地文學版的清明上河圖。「不十日而空，蓋鄉之士女，遍喜讀之」，當時的文字資料足以見證該書的出版盛況。董執誼交遊廣泛，林紓是他的私塾同窗，他還與鄰居詩家陳衍和何振岱過從甚密，常有吟誦唱和。據說林紓早年寫作白話詩集《閩中新樂府》時頗受《閩中別記》裡面「俚語鄙諺」的影響，往往穿插詩中，相得益彰。鄭振鐸還因此讚許林紓在《閩中新樂府》中所表現出來的新黨氣象，稱「在康有為未上書之前，他卻能有這種見解，可算是當時的一個先進的維新黨」。可見林紓並非全然如五四新文化運動所責難的「迂腐守舊」、「桐城謬種」之類的舊文化的衛道人士，在他的早期作品裡，尤其是後來翻譯的西方小說方面，林紓基本上起到了溝通中西文化，傳播新思想的積極的作用。這是題外的話，且不去贅述了。

按照過去的標準來看花園不算是很敞闊，比起當地的官宦豪苑恐怕更是顯得寒磣了點。但是佈局獨特精巧，四周景物幽雅空靈。庭院中央是一方魚塘，駁岸青壘之內紅鯉小魚怡然可愛。牆邊一座半邊亭，沿亭一溜美人靠。四周圍花樹錦簇，無邊春色。西廳廊正與池塘假山相對，冬日裡陽光自東而入，溫煦似小陽春。三五張躺椅，茶几方凳依次排開，這裡便是詩朋文友們雅集吟唱的會場了。「亭台半占空中地，風月教低四面牆」，援引陳衍這兩句詩來形容當年的雅趣風致是再恰當不過了。董先生是董執誼的第五代玄孫，他雖在經商，可看得出是個儒商，舉手投足透露家學醇厚的內在氣質來。他一邊緩緩地撒下魚食餵著紅鯉，一邊侃侃而談董家的往事，特別是關於「曉社」詩社的一段趣聞，聽來饒有興味。

福州詩社「曉社」是當年福州眾多文學社團之一，是文青們顯山露水的賽詩會，也是較量腹中墨水的擂台，當地文人趨之若鶩。每次詩會之前，早由董執誼手書請函，分發遠近文友同好。到了日子同窗林紓，還有林紓的《茶花女遺事》法文合作者王壽昌，後來的同光體詩派創始人、備受錢鍾書推崇的名詩人陳衍，詩人兼《西湖志》主纂何振岱，加之各路文人騷客如期而至。賽詩會開始，早有人搬出一尊銅鶴詩鐘來。這種詩鐘在銅鶴喙上穿一紅線，一端吊一枚銅錢，另一端繫上一根爐香。限一炷香內湊成詩聯，香燼錢落，缽響鐘鳴。於是眾人將手書詩聯匿名塞入一只董家現今仍舊珍藏著的印有「曉社」字樣的木匣內，最後褒貶評議或相互推重一番，賓主盡歡。詩會結果往往陳衍和林紓成為最大的贏家，留下不少傳世佳句妙聯。時至今日還流傳著詩會的這麼一段未經考證的花絮，說是詩人們到了董宅後的第一件事便是湊錢集資。不是為別的而是籌款僱用使役，為賽詩會預備尿桶。董先生笑道，這也是他從老一輩人那裡聽來的，「到了比賽激烈的時候，誰也捨不得去茅房，就躲在花園的一角就地解決，於是請人來做好後勤保障工作。」俗語說「官急不如私急」，這會恐怕私急更不如詩急了呢。

這種古風自清代中葉一直延續到了上世紀的六十年代，成為閩中乃至全國一道清雅的文化風景線。在小農經濟落幕和社會主義現代化之前，三坊七巷的風雅名士們瀟灑甚至放縱地過了那麼一把風花雪月之癮。另外更有趣味的巧合是新舊兩股思潮和中西兩種文化在此因緣際會並且相互映襯。舊詩壇同光體的盟主們跟《茶花女遺事》的譯者團隊列席一座本身就是別具風致的看點。雖然林紓本人不懂外文，然而由他參與翻譯過來曾產生了極大影響的西方文學作品，無疑給中國晚清文壇吹進一股迴異的人文清風，衝擊了保守文化勢力和傳統審美觀念，可是大師們卻能彼此惺惺相惜，相得益彰。其反差之大，其規格之高都為中國近代任何文學沙龍所罕見。

「舌底潮音不可聽，海棠兩樹亦凋零。重來花下談經地，剩有苔痕似舊青。」後人的這句憑弔陳衍故宅的詩句用在董執誼故居似乎也頗為適宜貼切，透露出三坊七巷的整體人文氣脈由盛而衰的現今狀況，不由得令人唏噓。董家的祖宅因為年久失修不免荒舊零落，顯得幾許冷清。魚塘假山也坍塌多年，深陷池中而不能拔，恐怕修復又不知要花費董家多少的金錢。據說不少開發商打過董宅的主意願以高價收購，如今國家5A級旅遊景區三坊七巷早已是寸土如金，卻都被董家人拒絕了。他們寧可安貧樂道，也不肯變賣祖宅發財，失掉書香世家的那份堅持和清高。

董家客廳裡懸掛著一幅董家後人，《辭源》主編也是中國社科院研究員董琨先生的篆書書法作品，語言學家的翰墨散發著古樸而恭謹的書風。臨行前我特意買下了也是董家後人美術教育家董瑜先生的一幅山水小品，那韻味筆勢遊走吳湖帆、陳少梅之間，透出淡雅而飄逸的氣息。

生命中不能承受之汙染

咳嗽、噴嚏、流涕，整日不停，我的身體也隨著疲虛地顛晃。頭腦昏沉，感覺要生一場大病似的，心情既糟糕又惶恐。

剛剛結束了幾週的大陸之行，訪親探友兼商務出差。行前，本來是贊成我回國的妻，此時卻顯得十分的猶豫。對我說，「這會兒禽流感鬧得這麼凶，又不是非去不可的。要不就明年商展再回去吧。」話雖是這樣說，可是退機票麻煩且不說，又要錯過了廣交會，還有已經訂了酒店的香港年度商展，一耽誤豈不是整整一年嗎？再說，禽流感一億人中取二、三者，怎麼偏偏就雨打香頭，獨挑輕易不病的我呢？聽說板藍根預防禽流感有效，於是行李裡多塞了兩大盒的板藍根沖劑。加上種種防患未然的藥品、補劑，甚至洗手液，原先為薩斯預備的大口罩，也統統裝進行囊上路了。

記得我剛下飛機，一連串的巧合便引起了我的好奇和不安。剛坐進接機的侄兒的汽車，就見他一揚手將錠劑丟進了嘴裡——他生病了。回到父母家中，親人圍席正待開宴，母親卻突然起身取藥——她生病了。我去探顧岳母，來車站接我的姐夫一邊拖著我的大行囊，一邊擼鼻涕帶咳嗽——他也得病了！我心裡一直在想，這一切都不過是巧合而已，誰叫今年的冬季拖沓了這麼久，人不傷風感冒才怪哩。

我也終於告別了冬雲籠罩的北方，將沉悶而了無生機的灰暗的大地，和這一節令人不快的記憶，統統拋到了舷窗之外；向南，一直向著溫暖的南國飛去。四季如春的廈門，無處不飛花的鷺島，雖然幾次來訪，可是南國的熱情總是令我難以忘懷。果然，守時又周到的陳老闆又笑容可掬地等候在機場門口了。他的司機小劉是東北人，替我左右拎包，動作敏捷。將我安頓好了之後，我們坐進車裡，小劉坐在我的旁邊。他歉意地說了句，「不好意思，這幾天著了點涼。」沒等我回過神，他便咳嗽起來，接著又是一串響亮的噴嚏。他的臉埋在雙手裡，緊緊擋著早已飛出手掌的痰花涕沫。看著他陣陣劇咳中抽動的後背，使我再度陷入困惑與惶恐。

難道世上還有比這更加不可思議的巧合嗎？從東北、華北，再到東南、華南，我這次一共行經了五省七市。最後屈指一數，竟然在六個城市裡接觸到疑似流感症狀的人。他們都是我的熟人和親朋好友，大多時間待在一起，那是一張張掛著倦態病容的笑臉、沾染了病菌的熊抱和握手。終日被這種友誼和熱情所眷顧，最後一直帶在身邊的護身符似的種種預防藥品終告無效。到了廣州友人的家中時，還沒等咳嗽中的主人向我抱歉，我說，「沒關係，看來我們都有點著涼，不用擔心傳染了吧！」因為此時我也喉嘶嘶而涕潸潸了。

回到了美國的家後，雖然身體無燒無痛，只是乾咳伴隨著無休止的流涕和噴嚏。我堅信自己既沒有沾雞惹鳥，絕非染上禽流感，又非因溫差之變而導致傷風感冒。究竟是什麼病毒也不知道，最後還是決定去看了醫生。在為我做了全面診察後，醫生搖了搖頭說，我既沒感冒，也沒得傳染病，只不過是犯了呼吸道過敏症而已。這種過敏原極有可能來自空氣粉塵和環境汙染。我半信半疑地從藥房拿回了抗過敏藥，結果吃了幾天後症狀竟然完全消失！我這才如夢方醒，其實國內那些親友恐怕也並非病毒感染，而是受害於空氣和環境的汙染，罹患了同樣的呼吸道過敏症。我在大陸這段日子的經歷，加上許多親友類似的遭遇和媒體的報導，都似乎越來越能證明這個汙染無法為生命所承受的事實。

我的記憶閘門又一次打開，鏡頭聚焦在北京。這是我離開北方前的最後一站，也是在華北逗留的唯一的城市。北京的早晨，我站在高層公寓的第九層陽台，這裡雖然地處郊區，可是櫛比鱗次的樓群幾乎遮住了視野。霧靄籠罩著天空，能見度極差。原以為是瀰漫的晨霧，然而接近中午了這片晨霧卻仍未見稍許消褪，彷彿糾纏古都不放的幽魂魅影。樓下的花園裡傳來悠揚的樂聲，隱約可見老人們伴隨著音樂節拍，正在翩翩起舞地練習著健身操。一會響起一陣劈里啪啦甩扇的聲響，衝破了霧靄，在十分攏音的樓宇之間陣陣迴蕩。望著樓下的老年廣場舞，站在我身邊的友人說了一句頗帶自我安慰意味的話：「好在霧霾是往低處走的，我們住在高層的影響不大。」聽了他這番五十和百步較勁的見解，我不曉得他是自欺欺人呢，還是特別善於在夾縫中綻放的那種頑韌的花朵。

北京的交通堵塞令國內任何城市望塵莫及。我在北京搭乘計程車往往穩步如龜，半個時辰走不出三、四個街口，好心的司機甚至勸我盡早下車步行吧。因為一拐彎走不上幾步就到的目的地，恐怕他還得磨蹭上十分、二十分鐘才能開到，何必再多花冤枉錢呢。擁堵事實上還成為了北京計程車行業的隱性殺手。計程車司機不斷抱怨說，客人雖比以前多了，可是十幾年來，他每年的收入卻幾乎打平。排除成本上漲、同行競爭等因素不算，大半天的時間都耗在塞車上面，根本就拉不了幾個客人！重要的是塞車是因為車輛數量增多造成的，而車輛的急遽增加又必然造成空氣品質的下降。

離開北京前，我去逛了逛奧運會的鳥巢和水立方體育館。當時正是中午時分，我站在水立方前留影為念，身後的水立方彷彿漂浮在一片迷濛水氣之中——水立方真可謂名副其實了。二〇〇八年奧運會期間，北京市政府勒令，除非是特別許可，全市車輛必須統統遠離首都，或者停進車庫，這才換來了十天半月的北京的晴空。可是那畢竟只是短期行政命令，給國外人看的秀。奧運一結束，汙染毒氣又頃刻地占領了天空和人們的呼吸道。另外，中國的空氣汙染之源並非只是汽車排廢氣，還有煤炭燃燒產生的煙塵，建築工地與工廠企業的粉灰……

記憶的鏡頭接著定格在福建的漳州。這是文學大師林語堂的故里，聽說新修建的林語堂故居紀念館已經開放，可是我卻遺憾地錯過。忙於和當地的廠家洽談和應酬，為商貨殖往往是身不由己。適逢廣交會在即，順路前來福建工廠訂貨的採購商紛至沓來，十分繁忙。和廣東一樣，福建很早便成為中國外貿出口業的重要基地，外銷的歷史令國內任何省分都要黯然遜色，出口產品尤以傳統工藝品著稱。且不說宋元年間，滿載中國貨物的商船已遠渡重洋，到了明清時期，即歐洲的啟蒙時代，中國工藝品所呈現的燦爛文明更是震撼和俘擄了歐洲的人心。大量精美的瓷器、刺繡、漆畫以及工藝品上飄逸靈動的飛檐畫棟、花鳥圖案和優雅的生活儀態等鮮明的中國元素，有多少是出產自福建！從某種意義上可以說福建是近代中國向世界消費大眾輸出中華文明的最成功的商業推手和民間大使。雖然今天的出口商品已不僅限於輸出國貨，而是轉型為外包加工等合作項目，然而號稱中國經濟動力的三套馬之一的外貿出口，仍舊占據著福建經濟相當的比重。可是，一部輝煌浩繁的商業發展史中缺失或者被刪剪了多少篇幅的環境汙染的內容，而自遠古流淌而來的閩江晉水，流經近代流到出海口時，清澈的山澗卻慢慢地變成了渾濁的淤河。我無從了解古代的商業繁榮給福建的生態環境曾經造成過多少負面的影響，但是我相信缺乏汙控機制的高度繁榮的製造業，不可避免地會帶來環境的破壞和改變。

我參觀了一家經營電鍍工藝品的工廠。在工業汙染的等級上，其生產過程帶來的汙染堪稱重量級的。雖然廠房建在汙染控制規劃區域內，表面上設施完備，生產線內不見氾濫的廢水和工業垃圾，可是金屬汙水還是悄悄地流了出去。生產線外面有一條水溝，上面漂浮著灰暗的油花，遲緩地淌進廠門前的另一條小河，然後會合一處，徐徐流向未知的下一條河汊或是湖泊。我每次乘車經過晉江大橋，都會下意識地多看上幾眼。可是眼前的晉江每回都勾起我心中的迷惑和不安。江水渾濁、暗淡，裸露的河床長灘一望無盡，荒涼到沒有樹草，沒有綠色。惟有兩岸筆立的一排排漂亮新廈，籠罩於江霧之中。那是一片藍中透灰、柔裡泛亮的霧霾，似乎看得見瀰漫其中的細小而閃光的顆粒……英國的畫家惠斯勒當年曾將霧霾下的倫敦泰晤士河加以藝術美化，以至於其畫作成為不朽的經典——藝術包裝和美化霧霾究竟是泰晤士河之幸還是悲？據說，今天中國百分之九十入海的江河已屬於「人體不可接觸類」的含毒之水，難道這僅僅是新聞炒作？最近還讀到一則新聞，某浙江商人出高額獎金，只要當地環保局長敢在河中游泳二十分鐘，他就獎勵二十萬元人民幣。然而哪個局長或環保幹部膽敢在工業廢水的濁流中縱身一躍呢？

一些生產線的生產環境更是險惡到觸目驚心。我走進工廠白胚生產線，如同進入硝煙瀰漫的戰場。一邊是打磨的工人在推磨粗糙的胚體，飛煙揚塵撲面而來。一邊是拋光的師傅操作飛輪擦拭產品，碎漆粉末四處迸濺。難道沒有通風設備嗎？雖然四處窗戶敞開著，幾台工業大電風扇對著生產線不停地吹風，據說是為了加速吹乾半濕的白胚，卻吹不散那分分秒秒吸入肺腔的大量毒氣粉塵。瀰漫的煙塵又從隔壁工廠不斷飄散過來。原來鄰居是生產建築石材的工廠，轟鳴的割石機吐出的濃塵粉霧，從敞開的生產線大門翻江倒海一般湧出瀰散。就在這樣的氛圍裡包裝工人們正在匆匆地驗貨、打包、裝運。因為趕工，他們只顧緊張地忙碌，誰也沒有戴口罩，有的還將口罩從嘴巴上扯下半截，似乎對粉塵並不在乎。還記得美國旅行作家索妻在看到中國工廠的環境及工人的工作條件時非常震驚，他譏諷道恐怕看慣了骯髒汙穢貧民生活的狄更斯先生面對此情此景也會感到十分噁心。雖說為了賺錢養家和脫貧致富，中國工人們往往必須付出健康與人生的巨大代價，同時這也暴露出政府在環保和勞保等環節上，仍有許多漏洞。

在中國常常會看到各種各樣的環保廣告：「共一片藍天，同一塊綠地」、「低碳生活，節能環保」諸如此類的民間訴求和行政號令，然而幾時才能夠真正地落實執行？今天在「保增長」、「拚政績」更為喧囂的法令之下，一味地追求經濟效益和非理性的建設開發堂而皇之地變成了「硬道理」，與此同時我們的生態環境正遭受到空前的破壞。長此下去，雖然GDP和神X上了天，可是我們的健康和飛鳥卻落了地。到了那時我們應該責備誰？

蜂鳥記趣

我們家院子平時很幽靜，門前窗下花木蔥蘢，常有蜂蝶光顧盤桓。各種妍麗的鳥禽也飛來飛去，枝間細啼。尤其是蜂鳥，袖珍的飛影倏忽來去，如同本領高強的翠衣小飛俠，給我們帶來一股活潑的生命氣息。

春天的時候，家家戶戶的院中鮮花盛開，整條長街桃煙錦雲似的好看。在這種日子，蜂鳥是最閒不住的。牠不停地奔波和採蜜，不知疲倦地追逐著春花香痕。我很好奇如此纖小的生命，何以在弱肉強食、天敵無數的自然界找到自我生存的縫隙？鷹隼棲高巢，鴿燕藏洞窩，兔鼠鑽地穴，可是只有拇指大小的蜂鳥又在何處安身呢？完全是一個偶然的緣故，我竟然發現了這個祕密，這個發現似乎也帶給我關於生命意義的新思考。

那一天我像往常一樣修剪院子花草，發現門前的棕櫚樹上有幾根礙眼的枝杈，舉起花剪正待咔嚓一下剪去，這時突然驚飛起一隻小蜂鳥。我停下手中的剪刀定睛一看，哇，原來這裡藏著蜂鳥的巢窠。這棵矮小的棕櫚，並非枝繁葉茂，在低垂的棕枝上有個彷彿嬰孩小拳頭的極小的窩。仔細一看，裡面還躺著兩顆小小的鳥蛋，彷彿袖珍笸籮裡一對亮晶晶的珍珠。一陣微風吹過，棕葉婆挲，鳥巢便如在海波中顛簸的一葉扁舟。孕育中的兩個生命在大自然手推的搖籃裡安詳地發育和生長著。在那一刻，我心底產生的不僅是訝異，還有一種奇妙的感動。生命的千姿百態，造物的精妙深奧，充分顯現在這個渺小的生命體上。英國詩人西西爾・亞歷山大曾有詩云：「世間萬物無論聰明美麗，無論巨大渺小，無論智慧完善，都是神的創造。」正好說明了這個道理。雖然蜂鳥體型弱小，可是卻因小得福，使得牠們能夠在世界的夾縫中頑強生存和繁衍。你看牠有多聰明，將窩巢築在最令人意想不到的地方，幾乎在我們的眼皮底下，卻視而不見，所謂大隱隱於市也。躲過了人眼，也逃過了鷹及鴉。還記得廊檐下曾經居住著野鴿子一家，我還親眼看到一對仍不會飛的幼鴿被大烏鴉咬死，而牠們的媽媽只能遠遠地盤旋瞭望，高一聲低一聲地淒鳴。幽靜的庭院看似和平，其實花影樹蔭下潛伏著弱肉強食的危機。

所以每一次離巢覓食，蜂鳥媽媽都會很快地飛回，身體緊緊地貼覆著巢窠，守護和孵化牠下面的兩顆蛋卵。皇天不負有心鳥，一對蜂鳥寶寶終於孵化出來了。牠們一天天在媽媽的精心養護下長大，稚嫩的翅膀變得強壯豐滿，羽色也一天比一天更加繽紛漂亮。兩隻標誌性的纖喙，像大蜂鳥那樣，漸漸變細變長，芒針似地伸向天空。

觀察蜂鳥從此成為了我們家的一件大事。每天女兒放學回來後，總是先跑去看一眼鳥巢，我們也躡手躡腳跟在後面，遠遠地瞅上幾眼。當我們都沉浸在蜂鳥一家的快樂與喜悅中時，忽然發生了一件意外的事情。有一天鳥巢中的一隻小鳥不見了，我們一下子都很緊張，擔心牠是否摔下來了。於是草木花叢裡四處尋找，卻連個影子都沒有。我十分納悶，想湊近鳥窩好好看個仔細。沒想到剩下的另一隻小鳥立刻警覺起來，撲楞撲楞地抖動起翅膀。還沒等我醒過神來，牠的一對小翅膀竟然像蜂翼一般鼓蕩起來，伴隨著嗡嗡的聲響，一下子便飛到了空中。啊，原來幼鳥已經能夠飛翔了！這時候遠處飛來另一隻小蜂鳥，一陣嘰嘰喳喳牠們在天空裡相會了。

我們總算鬆了一口氣。看到蜂鳥終於長大，從此自由翱翔於天空，心裡很替牠們高興。可是再看空去的鳥巢，又有點悵然若失。然而轉念又一想，該離去的我們無法強留，將來長大成人的孩子如此，更何況羽翼豐滿，志在藍天的飛鳥呢？

逝去的牧歌

南加州的奇諾崗（Chino Hills）城市面積不大，屬山丘地形，崗坡綿亙十餘英里，形成一道縱亙南北的平緩山梁。山巒之間多由草木遮蓋，難見一點礫石。不同於南面毗鄰的聖塔安那山峰，生長那樣蒼茫幽黑的森林，奇諾崗只是漫溝坎地滋生些矮矮的樹叢，逶迤不絕。而草地則一望無際，緊貼著地皮，拋物線似地向四面山野鋪展，顯露一股暑旱不死，冬雨又生的那份倔強和侵略性。山谷中的水泡，溪澗在泥草中閃著碎光，霧靄朦朧瀰漫。初春的日子，牧馬放養在山上，自己尋找嫩芽鮮草，抓緊機會充饑補養。山腳紅色的西班牙式瓦頂，潮水一般連成一片，形成對綠島山丘的包圍之勢。清新的山野氣息，馬的嘶鳴呼喚送入街巷之中，與偶然傳出的車庫的開啟聲，或者車輪轉過街角時擦地的吱忸一響，小學校裡發出的一陣孩子們的喧鬧遙相呼應，倒也相安無礙。奇諾崗實在算得上平靜的城市田園和牧場。

每天清早起床後，我首先推開窗戶讓陽光照進屋裡，深吸一口晨風送來的草味兒濃郁的的空氣。就像事先有了約定似地，總會有一群牧馬立在山坡上和我遙遙打個照面。牠們總是三五成群地，踏著朝露悠蕩山野之間。太陽漸漸從艾普拉多湖東面升起，將山樹照得如同灑了一層金粉，草地也熠熠生輝，牠們抬頭凝視東方的天際，有的眯縫著眼睛像是微微入定，不知已經重複了多少次古老的觀日儀式。馬群在清晨濕漉漉的草地上靜悄悄移動著身體，在草叢中尋找新生的嫩芽和從前漏掉的青草，搖動著尾巴趕走一大早就來煩牠們的蚊蠅。忽然像是一道閃電穿過山谷，一陣嘶鳴中馬群騷動起來，也許是響尾蛇或是土狼驚動了牠們，隨著統一的號令一個跟著一個順著山道狂奔起來，那一刻大地也在微微抖動，如同暗河在地下洶湧而過，頗有勢不可擋的氣概，飛揚的大片黃塵久而不散。到了黃昏時分，白晝的喧騰漸漸平息下來。群嶺為薄霧籠罩，點點星輝下林影綽綽，可是仍然看出斑點似的馬兒，尤其是銀白色的馬匹格外搶眼，令人聯想起某一幅淡墨古畫來，比如《歸馬幽林圖》總是兼具寫實和高雅的標題，信口編了出來。

我常常在山腳散步，記得曾有一回領著家犬從牧場旁邊經過，正好不遠處立著一匹跑單的馬。這是一頭健壯的牧馬，渾身上下赤紅油亮，四隻蹄子肥闊無比，扣在地上如同四隻托盤。想到駿馬代表了一種自由無羈的精神，心中不免為之振奮和讚歎。棗紅馬與我隔了一道鐵絲網，那是牧場和社區的分水嶺。只見馬兒在山道上閒逛了幾圈後又回到了鐵絲網邊，似乎進退兩難。我那只僅及牠蹄彎高的寵物小犬不斷對牠發出自衛性的吼叫，這似乎增加了牠的幾分焦慮心煩。事實上牧馬很不習慣與人類社區過於親密接觸，可是我們人類已經越來越侵入到牠們的家園，牧場的日漸狹促卻是不爭的事實。

在山谷的另一側，風景則略有不同了。幾架石油採油機正此起彼落地對著山坡磕頭，日夜不停地吸吮著大地黑色的血液。這與風吹草低見馬群的牧場形成強烈的反差，很不協調。這裡在上世紀初葉曾經是一座小採油站，後因原油儲量減少而被廢棄。可是到了能源日益緊張，油價節節飛漲的二十一世紀，油田開發商唯利是圖，又打起了在奇諾崗鑽油田的主意。就像電影《黑金企業》（There Will Be Blood）所揭露的一樣，靠著石油發家的淘油仔普蘭惟尤，為了掠奪油礦可以不擇手段。有一天我碰到了一位從德州來的正在為擴大油田而籌措資金的開發商。他興奮地指著遠在天邊的一處山頭對我說，「新發現的那口油井潛力很大，理想的話一天可以打出三十桶油來哩！」我對他的樂觀估計只抱以淡淡的一笑。不錯，也許經濟上的回報很豐厚，那麼我們的生態環境卻要付出更大的代價吧。牧草資源受損，牲畜的棲息環境遭到破壞，大批牧馬的命運又何去何從？波莫那平原那些環境險惡，擁塞不堪的牛廄也許將會是牠們未來的棲所。難道也要將這些牧馬趕進鋼筋圍欄裡，像那些可憐哀怨的老牛一樣，站立臭泥沼中終老病死嗎？時見牧場圍欄被馬衝破出走，四處遊蕩，是否因為欄外青草更青，還是欄外的天地更廣大更自由？

這也讓我想起那一位在山上經營養蜂場的約翰來了。這位來自亞美尼亞的移民養殖了數以千萬計的授粉蜜蜂，靠著替加州果農的農產品放蜂授粉為業。就像我們在春暖花開時看到的景象，蜜蜂在盛開的桃、杏、草莓花甚至不起眼的馬鈴薯花中採蜜，藉著牠們每次在無數鮮花和樹叢中的成功授粉，我們年年便有了金秋果實的收穫了。

我和約翰相識是因為我總是到他那裡買新鮮蜂蜜。他的蜂蜜完全有機，當然沒有任何添加劑和農藥之虞，價格也比外面超市賣的實惠很多。所以一來二往也就跟他混得有些熟了。那一天去到他的蜂房打算買幾罐蜂蜜，卻發現他正在翻箱倒櫃地收拾東西，而不是像以往那樣渾身上下披掛蜂衣和面罩。一問才知道，他要搬家了！

他說著一口濃重的亞美尼亞口音的英語對我說：「朋友，我的生意結束了，要搬家了。你瞧這個貪心的房東，他兩年前就賣了這塊土地給房地產商，最晚下個月底，我就必須得離開這了！」他不得不搬離土地越來越昂貴的南加州，到更為偏僻的沙漠或者內華達尋找新的養蜂場。如此折騰恐怕只能讓他的生意雪上加霜，因為加州的連年乾旱和草木枯萎，已經導致大量的蜜蜂死亡，因此他的生意前景難以預料。

原來如此！我站在約翰的養蜂場上，四周風景如此寧靜幽美，東鄰艾普拉多湖和濕地森林，西靠奇諾崗群麓，難怪房地產開發商要打它的主意了。料想不會再過多久，這一大片山坡就會像繪畫那樣簡單容易地聳立起各種豪宅、院落、網球場和四通八達的街道，以及人類的繁華與喧鬧了。為此後來我還特意給市府打了電話求證，果然土地已經被轉讓。對方還在電話裡冠冕堂皇地講了一通市民的聽證會程序和權力，不過荒山野嶺上除了野兔、土狼、美洲獅，哪裡會有居民去申訴，估計大概沒有任何阻力就會通過，因為這畢竟給市府帶來了一筆開發土地和每年的地稅收入，何樂而不為。

而牧馬場的主人據說也在考慮搬遷，因為土地主將地界重新劃分，把牧場逼到了越來越小的周圍幾個山頭去，而鐵絲網的蒺藜則更向大山的深處挺進。不少的牧場已經倒閉或被迫出讓，像我們毗鄰的這間牧馬場目前也大都靠著賣馬與馬秀（horse show）一類的表演收入勉強在支撐。

不過這些牧場牛仔們似乎對這些不利的時局多少能夠正能量地對待，很少看出他們怨天尤人的態度。我時常看到這一家人騎馬上山兜風，說說笑笑，十分輕鬆。有時看著他們踏著晚暉騎過山崗，就會讓我情不自禁地想起一首鄉村歌曲來。那是艾倫・傑克遜的《在真實的世界裡》，旋律有點感傷，結尾處反而變得敞亮了。「在真實的世界裡，生活並不容易。因為當你傷心時，真實的淚水落下。牛仔有淚不輕彈，英雄不會長眠。好人總會贏，命中已注定……」似乎這也道出了今天許多牧場主面臨的生存挑戰，理想主義不復存在，然而自由瀟灑的情懷長存。晚風中金芥末花正漫山遍野地開放，這南加州土地上常見的頑強、樸素的野花此時正年復一年地在春天的旋律中曼妙地起舞。

芥菜花小記

芥菜花是一種極普通的山花，每年的冬末春初破土萌發，接著開花結籽，一直開放到初夏才會慢慢凋謝。南加州一到了開春季節，芥菜花便開得漫山遍野，黃燦燦的一片。蝴蝶蜜蜂成群結隊聞風而至不說，城裡人也呼朋引伴，趁著大好的春光去郊外踏青賞景，流連金花世界。

芥菜花的生命力強壯，從不挑肥揀瘦，隨土而安。無論坡谷平原，沼地沙磧，甚至市區的房邊路旁，都能發現它們的蹤影。生長速度也快，幾天前還是矮不溜丟的一墩墩含苞未開的寸尺之草，轉眼再一瞧，粗壯的枝幹竟然長到快齊人頭了。加州罌粟花到了這個季節剛剛減了強勁，顏色黯淡下去，芥菜花取而代之逐漸搶去了它們的風頭。枝頭爆炸出熱烈而搶眼的金花蕊，遠看山野如燒起一片片的霞雲，隨風飄蕩。

記得作家遲子建曾將晚霞比擬成斑駁絢麗的烙餅，我倒覺著面前的深淺不一富於變化的金色山坡更像是一張張烤熟的晚霞烙餅。仍舊貼近生活，以吃為本。可是內子卻認為我的比喻不夠恰當，哪裡會有狀如燒餅的山？她覺得它們更接近烘焙而成的麵包。果然很形象。沒錯，金黃的山包可不正像一個個剛出爐新鮮焦黃的大麵包嗎？而且香氣四溢，濃郁的菜花味壓過了其他花朵。藍夜影、扁芒菊、野向日葵和雛菊的香氣似乎一點都聞不到，甚至苦澀的艾蒿也被強烈的芥菜花香淹沒了。

然而當地人有時並不將芥菜花視為花卉，而是看作野菜，甚至當作雜草予以剷除。第一次聽別人說它是雜草，我還以為是自己聽錯了呢。在後山牧場上班的工人曾經對我說過：「山道兩旁要經常剷除芥菜花，騰出空地，因為這種雜草長高了妨礙車輛進出，搞不好還會起火。」原來芥菜花枯萎後是易燃品，可是又一想什麼花草枯萎後不是易燃品呢？據說菜農也不太喜歡芥菜花，因為它們早年澇月都在猛長，搶了其他作物的養分，於是對這種頑強的植物恨不能斬盡殺絕。商店裡還會看到出售根除芥菜花和各種雜草的農藥。

可是他們恐怕忘記了芥菜花其實給我們的生活帶來了莫大的益處。芥菜可以說渾身都是寶。無論是芥菜籽油，還是調味的芥末醬，我們都離不開芥菜。芥菜可以食用，在歐洲人們很早就開始用嫩芥菜葉生拌沙拉。雖然在美國不被當一盤菜，可是我們的漢堡熱狗又怎能缺少了黃芥末醬呢。事實上，芥菜花最初發現於青藏高原，我們的先民很早就了解和掌握了芥末的研磨和用途。芥末不但可以用作輔料調味，還可用來止痛消炎醫治風濕。《本草綱目》中便有「芥子，能利九竅，通經絡，利氣豁痰，治嗽止吐」等神奇療效的記載。倒是後來東學西漸，傳播到了歐美。在中國如今芥末早已由山葵替代了，而真正的芥末卻融入了西方社會的飲食生活之中。目前在石油替代能源越加成為趨勢的情形之下，經過提煉的芥菜油據說還能替代柴油，對綠色環保的貢獻就更不可小覷了。

今年的雨水豐沛竟然破了十年的紀錄，山河大地花草繁茂，一派錦繡。芥菜花更是引領風騷，張開巨大的金翼，披覆了沃野平川。連多年因乾旱缺草而遷徙了的牧馬群，也回到了我們附近的山崗。因為芥菜也是上好的馬料，充分的營養正是春天的馬兒所需要的。芥菜花不僅用它粗壯挺拔的根鬚和軀體堅固了南加州易於滑坡的山體，也為我們的生活築建了穩固的基礎，為生態和諧投下一片安心的花蔭。這種花，也許有人嫌棄它、討厭和排斥它，甚至恨不得置於死地而後快，可是我喜歡它，就像喜歡這一片樸實無華、醇厚芬芳的泥土。

暮雨瀟瀟

傍晚天空下起了小雨，落在屋瓦上的雨點的音節，對我來說是某種久違了的誘惑。看看天色尚早，我便一個人帶了傘出門。平常散步的小道山霧飄忽漶漫。除了雨聲、樹聲，加上一點鳥啾，一切都是寂靜的。遠處的車燈在街角閃晃過去，卻像舟過無痕，引擎的雜音低低的如泛起微瀾，旋即消失。

南加州夏季枯雨少水，總要捱到冬季才會等來膏澤甘霖。在奇諾崗（Chino Hills）居住已有幾載，可以說是盡覽了烈日火雲，衰草荒丘的景象。雖然山崗上的牧馬即便在酷暑熾溫的天氣，也仍舊剽悍堅毅地撒歡奔騰於原野，揚起的陣陣黃霧煙塵不亞於西部片中大漠飆馬的情景。可是畢竟赤陽燎蒸難熬，心裡總是期盼著雨季快些到來。每年秋天聖塔安娜的強風颳過後，滿院裡金橙滾圓欲熟，爆皮裂嘴的紫石榴張燈結綵地掛滿了枝頭。隨著一陣陣陰冷的山風帶來沁骨的涼意，健身的外套加了層絨衣還要縮手縮腳打冷顫，第一場冬雨果然自天而落。山野蒙上了一層濕潤而紛揚的水氣，如縷縷的碧霧青煙繚繞。才不過幾天，死氣沉沉的荒丘早甸早已迫不及待地吐出了強壯的生命的氣息。不知不覺之中拱出了一色蔥綠的嫩草，隨著視線漫坡遍野地鋪灑開去，碧色連天了。

隨著的沙沙的雨聲和葉喧，奇諾崗的冬雨之韻便在漫步的腳跟下了。煙低樹迷的峽谷，萋草茫茫的野嶺，在霏霏細雨中變得朦朧而飄搖。大地在雨點的按摩與敲擊下慢慢地甦醒，一陣一陣地冒出第一次飽和了水分後的煙氣和土腥味兒。山坳中傳來汛流的湍鳴，在滿溝遍壑的胡椒叢林的上空和深谷之間迴蕩。一條閃著雨光的車馬道，蜿蜒起伏在迷離的煙巒霧崗裡。壯碩的群馬在雨絲之中佇立，眾首向西，像是在作無聲的晚禱。又彷彿夜襲的古戰馬，默然靜候著長夜的來臨。忽然腳下哧溜地竄過一隻小野兔，轉眼便鑽進了樹洞。遠處又傳來說不清什麼鳥兒的宛鳴，在那岑寂的昏雨中，令我不禁想起了那隻「又啼數聲」的黃鸝。

銷魂的黃昏之雨，怎能不教人神思清揚呢？還是在上世紀的八十年代，我就讀中國東北的一所大學。某夜也逢飄雨，我和當時還扎著兩個學生辮角的女友撐傘坐在臨海的松坡上。那晚，雨絲也是這樣的紛紛揚揚，潮汐在腳下漲退鼓蕩。大陸還剛剛改革開放，學校規定不准男女同學談戀愛。我們的行動只能變成偷偷摸摸，每次去很遠的郊外約會。海邊自然是既僻靜又安全，校政治輔導員做夢都不會想到這裡捉我們。那樣的霏雨之夜真正地充滿了一種羅曼蒂克的氣氛。散發著松香的岸林，不僅送來海風的清爽，還飄溢著縷縷茶葉蛋的滷香呢！

兒時的雨天，給我帶來的卻是全然不同的感受。「大雨嘩嘩下，北京來電話，叫我去當兵，我還沒長大。」當年流行著這樣的革命童謠，大人跟著小孩一起地唱。下雨的日子，我呆呆地趴在窗檯向外面好奇地看。現在想來，那實在是極平淡，極無情趣的雨景了。陰沉的天空下一條讓雨水洗得晶亮的柏油大街。一排緊挨一排的騎腳踏車上班的工人大隊伍，不見首尾，浩浩蕩蕩地向著工廠方向行進。每個人身披雨衣，或套掛一塊塑膠布，也有什麼雨具也不穿戴的，同在雨中穿梭。那才叫車技高超，十來輛的單車並馳而勻穩，協調得如軍事儀仗隊的出色表演。兩邊支楞著胳膊，使雨衣隨風飄揚，又彷彿一群正在自在飛翔的蜻蜓。那又是一種紅色年代大工業生產的步伐和生命的脈動。

我也曾在西南貴州生活過。「地無三里平，天無三日晴」的鄉諺，在我看來，似乎未能盡說黔之雨的磨泡苦狀。雖然是住在貴陽城裡，可我卻不記得走過任何不淚流滿面的街巷的。老東門大道似乎永遠是狼狽不堪的泥濘。腳板一踏過去，便濺起烏黑的黏漿。穿過巷筒，上了省府路大街，一條漂亮的鵝卵石鋪的寬路出現在眼前。亮晶晶的反光，才照出個人影來，卻又噗嘰一聲掉進另一條黑暗的泥河裡了。天空同樣是一條殘忍的泄河，不眠不休地揮灑著冷雨。檐頭的水滴落成一種單調無聊的節奏，檐下的纏頭老倌咂巴著水煙槍，噴著沉悶的白煙。空氣中散發出強烈刺鼻然而卻十分誘惑的香辣的味道。地攤在牛毛雨中毫不在乎地肆意擺開。滿載的小吃擔挑，熱氣騰騰的籠屜，絲娃娃捲、黃糕粑、腸旺麵。辣椒，辣椒，總是辣椒。那一撮一撮紅中帶紫，油炸火噴，絕對要北方佬眼冒金花的貴州辣椒，點綴著黔人的白生生的米飯，吃起來是那般地津津有味。要想吃土菜的話，石板橋下，地壟溝裡生生不息的折耳根的嫩芽，擼下來蘸醬加鹽，一股清爽混腥的野味最下飯。可說是雨天的恩惠和黔人的朵頤之福了。

要是在英國，那麼雨天則最適宜去鄉下。汽車在鄉間公路上馳騁，坐在靠窗的位置，正可以飽覽田園的風景。低垂的雨雲飄浮在起落的丘野，萬綠叢中一簇白的羊群從古到今地在英格蘭的林地漫遊。如果再添綴山谷的溪澗，教堂的白塔，就構成了康斯特布爾那些最令人神往的鄉村畫了。更有趣的是到鄉野漫步踏青，看看老村石屋，荒丘城堡。濛濛細雨之中，難免不生出思古之幽情！可是在倫敦，雨天的情形卻顯然不同。店家總是將大捆大摞的雨傘擺在門口，甚至人行道上向遊客兜售。英國的雨傘精緻考究，百年老鋪裡昂貴的名傘琳瑯滿目，本身就是一處景觀。酒店也是一年四季在客房裡未雨綢繆地預備著雨具，更算是英國特色。還是幾年前，我初訪倫敦。白天撐傘四處逛景，到了晚上竟還意猶未盡地步行到滑鐵盧橋，冒雨拍攝泰晤士河的夜景。可是沒想到泥淤苔滑，我一失足竟像劉姥姥那樣哧溜一跤，順著長階將自己的身體送進了河裡！幸虧岸淺而有驚無險，更慶幸相機也未泡水。打開一看，倫敦的夜空早已是漁火月光醉眼朦朧，故美其名曰「梵谷的星空」。

雨天總帶給我一種心神爽宕的情緒，無論是豪雨還是微霖。這樣的快樂和興奮，我也同樣在周圍的許多朋友中感受得到。前些時候大家還在一處談論南加州今冬的暴雨和可能引發的洪災。奇怪的是，每個人的聲調不但沒有半點擔憂，卻透出一股莫名的興奮，簡直像是中了樂透！也應了古人所云，不愁茅漏床漂，但喜溪滿流深吧。曾讀過一位外國作家的文章，他發現中國的歷代詩人總是對雨天情有獨鍾，這一點堪比法國雨巷大詩人魏倫。無論是空靈飄逸的「小樓一夜聽春雨，深巷明朝賣杏花」，還是惆悵繾綣的「淚水流在我的心底，恰似那滿城秋雨」。可以說，雨早已成為千載詩人的永恆題材，靈感洶湧的不竭之源。又何曾為東方或者西方的文人騷客所獨擅。而一絲一縷的點點滴滴，不也同樣會在我們平常人的心靈中彈奏出空濛美妙的音符嗎？且讓別人去閉門冥思或爭論那些形而上的、美學意義上的雨吧。此時我只想一個人悄然漫行，盡情地享受暮雨帶給我的沉醉，帶給我的煙靄紛紛的回憶。

離開拉斯維加斯

離開拉斯維加斯的那天晚上，我去到中國城附近的一家快餐店，買些三明治和甜點出來。打開了車門，正準備發動上路，卻忽然注意到車燈光柱裡移動著一團影子。仔細一看原是一個流浪漢，形貌邋遢不堪，有幾分醉意地微微搖晃。我的視線慢不經心地隨著他，發現他伏身在掏垃圾桶裡的垃圾。我本能地不想再去看他，因為這樣的事情見得還少嗎？尤其是在拉斯維加斯，哪算什麼稀奇。我踩了油門，便想要開走。可是我還是有意無意地多瞅了他一眼，卻讓我腸胃猛地轉筋，一陣噁心。因為看到流浪漢攥住一個正淌出殘汁的破塑膠袋，另一隻手則抓住飲料罐往嘴巴邊送。沉重的壓抑感變成了惻隱之心。給他點錢吧，我頭腦裡閃過一個念頭，管他去買點什麼。可是他那雙饑餓的手仍攥著破袋子不放，空囊的肚皮似乎等待著熱騰騰的食物。

我熄了火，走出車門。在後面拍一下對方的肩膀，將我自己的三明治遞了過去。流浪漢卻毫無反應，彷彿一尊僵硬的蠟像。幾番呼喚之後，他才好像從另外一個世界神遊而歸，緩緩轉過了身。一個白人青年，滿頭的捲髮蓬亂如草埋在一頂棒球帽下面。臉的細部在昏燈暗影中模模糊糊只能看個大概。可是當他的一對眸子茫然掃來時，卻讓我心裡咯噔一沉，不由地倒抽一股冷氣。高高凸起的眼眶分明是浮腫，如被猛拳擊過，也許是毒品或疾病所致，在原本年輕漂亮的眉睫下綻放著爛桃眼的無神無光。他這時似乎方才明白我的意圖，手裡接過了三明治。一邊遲緩地張開了雙臂，想要擁抱我，一邊口裡喃喃地說道，「God bless you, God bless you」（「上帝保佑你，上帝保佑你」）。

我默然地開車離去，在賭城的金樹銀花不眠夜的街上加快了速度。外面的炎熱此時仍在攝氏三十七度以上。幾天來我的皮肉、喉嚨，現在連心情都一同跟著燎烤，而變得麻木無感了。在參加今年的拉斯維加斯展會期間，我僱了一位名叫荷西的墨西哥裔臨時工。他的身世又何嘗不令人唏噓。因為生意破產，他幾年前才搬出花費昂貴的紐約，到賭城來尋機東山再起。可是他做的小生意，後來又被拉斯維加斯的合夥人騙得人財兩空。英語不靈光，年齡又大，加上前些年經濟不景氣，哪裡有公司肯僱用？他僅靠杯水車薪的社安福利和打零工維持生計。未想到老年時境地如此頹唐，即使大家在餐廳開心地吃上一頓他可能花費不起的豐足晚餐，他忽而傷感的情緒就籠罩了下來。見他黯然落寞之態，卻不知如何安慰他。在拉斯維加斯，他說起許多與他年紀相仿的友人都已死掉。貧困與疾病是賭城窮人的頭號殺手。荷西已是六十幾歲的老人，生計維艱。可是那位年輕的流浪漢能夠熬過這個燕暑炎夏嗎？那一塊三明治解得了今夜之饑，又如何解得了明日之愁呢？荷西是個虔誠的基督徒，說賭城的教堂比美國任何一座城市都要多。我沒有統計資料求證，不過這是否說明不缺金錢、慾望，更不缺火辣與冷漠的「罪惡之城」（Sin City）更需要，愛？

非關命運

年前回國探親，與表哥一家溫鍋閒敘。他給我講了一件最近發生在本城裡的故事。從他見怪不怪的語氣中似乎這是件沒什麼大不了的倒楣個案，然而想一想事件本身卻充滿了一種引人深思的荒誕意味。

故事主角的姓名都已模糊，姑且稱他×先生吧。前些時候×先生喬遷新居，房子裡外設計漂亮、時髦，社區環境堪稱一流。由他家三樓的窗口遠眺，花園社區和都市新貌盡收眼底，×先生自然稱心如意。喬遷之前一家人開始做起了新房的大清潔。×先生這天登上了窗檯，一邊擦拭著新安裝的雙面窗戶，一邊時不時地偷眼瞅著羨煞很多人的社區美景，像在欣賞一幅高價買來的字畫。而妻子也在裡間屋擼胳膊挽袖擦桌抹椅，高興之際口中還哼出一段遼戲小曲，心情喜不自勝。不知過了多久，丈夫忙碌的聲音聽不到了，洗抹布的水聲也不再響，屋子裡變得出奇的安靜。妻子只顧忙著手裡的事，對這反常的死寂並未多加留意。突然，家門這時被敲響了。妻子忙問是誰，回答的聲音卻像是她的丈夫。她吃了一驚，忙起身開了門，進來的果然是×先生，他的肩膀上還扛著一扇窗戶！妻錯愕地問，「你怎麼從門口進來了，你不是在擦窗戶嗎？……」丈夫對她詭異地一笑，然後又搖了一搖頭，才將剛才發生的可怕的一幕對她述說了一遍。原來就在×先生站在窗檯上擦拭著新窗的時候，他身體貼近窗扇正要勾最外面的一塊玻璃的當下，那扇窗卻忽然崩開了合葉，頃刻間脫離窗框，並馱著他毫無戒備的身軀一直墜落下去。可是算他命大，樓下的那一片密實的灌木叢擋住了他這個沉重的自由落體，竟然與閻王爺擦肩而過。他拍拍腦袋，自己竟然活著，甚至胳膊腿全然無損。糊里糊塗之間他扛上那個破窗扇回了家。

妻子聽後喜極而泣。她一定要為丈夫死裡逃生而慶祝，馬上決定為他煮喜麵吃，也是為了給丈夫壓壓驚。家中沒有麵了，×先生便下樓到街對面的一家食品店買麵。當他捧著那一包喜麵穿越繁忙的大街時，卻被一輛肇事的汽車撞上。這一次×先生卻沒有爬起來，他真的一命嗚呼了。

表哥說完這故事後，咣當地把酒杯往桌子上一放，嘆了一口氣：「這就是命啊，閻王爺找你的時候，躲都躲不開！」我陷入了沉默，想那×先生一日厄運，晦氣到了「躺著也中槍」的地步。然而又想想，他的命運真的就只有不可逆轉的必然性，而毫無消災免劫的可能嗎？國內近年來大力推動房地產開發，摩廈恨不能與天公試比高，豪苑巴不得與凡爾賽宮賽奢華。然而，華麗的外表下卻禍藏著多少品質不合格的豆腐渣工程。日子一久，凡有風吹草動，這些偷工減料的贗品便狀況不斷，輕者牆裂管漏，重者樓斜房塌。建商只想到快撈錢，官員只唸著創政績。他們拚命地複製白金漢宮、阿爾卑斯山古堡，卻無心思做好一扇門窗，一隻把手和一顆螺釘。我前些年也跟著趕過潮流，在國內購置了一處海景住宅，因為所有的公寓面朝大海，這個社區故名「觀海一品」。可是過戶才兩年，牆上屋頂都出現了裂縫不說，那扇永遠關不嚴實的窗戶日夜海風怒號、寒意刺骨，讓我嘗夠了腥風和霧濕之苦。具有諷刺意味的是，這棟大樓當年破土動工時可是請來了中央的首長剪綵觀禮，作為當時的地標性建築被媒體大大地吹捧了一番。

說到大陸當前房地產開發的一些亂象，也順便一提內地常杜不絕的「中國式過馬路」的社會弊病。在國內因為人口密度大，城市擁擠，加上車輛數量與日俱增和交通規則不健全，穿越馬路就成了拚膽量與賭機靈的一場特殊戰爭。人們無視交通規則，車輛橫衝直闖，行人必要練成狐猴那樣靈敏閃躲的反應能力才能在車林輪雨中適應和生存。據說，中國的汽車司機平均每三、五個月就要換掉一個車喇叭！可想而知噪音的汙染和交通的混亂到了何種地步，至今中國每年交通事故的死亡數仍高居世界第一位。某日看電視新聞，報導一起高速公路的車禍。一個農民因為家裡的田地被公路一分為二，不得不每天在高速公路兩邊穿梭種田——附近竟然沒有方便穿行的路人棧橋，令人百思不得其解。被撞上的農民飛出了很遠，其狀甚慘烈，這難道又是他注定的宿命嗎？

失學記

上世紀的六〇年代，我們家隨著奉調支黔的父母來到貴州。當時我還小，就讀了貴陽市省府路小學一年級。

我第一天坐進課堂，老師上課操著貴州方言，一堂課下來，我如猴子聽經，不知所云。雖然我不懂黔語，可是我的東北普通話卻換來了同學的好奇，甚至說是好感和羨慕。尤其是班主任老師，每有機會總是課堂上點名叫我朗讀課文。為此我頗為得意，還為能常常替當地同學「正音」而引以為豪。誰知，小孩子入鄉隨俗很快，不到一個學期工夫，我自鳴得意的東北普通話反被改造得無影無蹤。那時候老師再叫我朗誦的時候，卻發現她的得意東北學生已經說著道道地地的貴州土話在背誦毛主席語錄了。

那時文革剛剛開始，課堂學習的內容大多都是毛語錄和報紙的新聞簡報。我們每天都必須背誦最新最高指示，直到背得滾瓜亂熟為止。兩百一十九字的「共產黨基本路線」和幾千字的《老三篇》，靠著極好的童年記憶力我都能一字不差地脫口誦出。可是非常奇怪，如今事隔近五十年了，貴州話早已被我忘得精光，可是唯獨貴州話的毛語錄我卻仍舊能夠如孩子背唐詩一般，抑揚頓挫地大段大段地背誦出來！可見我的童年與文革時期的貴州有著一段相當糾結的淵源。

我就讀的省府路小學是一所歷史悠久的當地名校，僅從校園的建築格局就能感受得到它深厚的傳統文化底蘊。記憶中的校園保持著閣樓式的建築風格，牌樓校門，教學樓點綴古香古色的樓梯、迴廊和朱漆梁柱，花園和大大小小的天井錯落其間，置身校園彷彿回到電視劇民國校園戲中美麗的背景了。可是這一切在我幼年的記憶裡只是曇花一現，浮淺的印象便隨著文革的疾風暴雨而破碎。校園的一切很快變得陌生了，變得怪誕和醜陋。紅衛兵湧進了校園，大筆一揮革命標語和大字報便鋪天蓋地、四處開花，貼滿了校園裡外。我們的教室門窗統統被搗碎，桌椅板凳也大卸八塊和肢解散架。後來因天氣寒冷卻又無法再裝玻璃，索性門窗一律被釘上木板，教室裡立即黑咕隆咚，像黑夜中的車廂，令人感到壓抑和窒息。除了紅衛兵小將的名正言順的破壞，社會上的地痞流氓也乘機混入，撬門砸鎖，還搶劫和勒索小學生。每天都有一幫流氓專守在校門附近等著學生上下學，搜他們的書包和口袋，我就常常被他們搶走了文具，卻從不敢反抗和聲張。

此刻我只有一個念頭就是逃學，逃離了學校才意味著安全，不再被欺負。我家離學校很遠，每天都要自己走路上學，不像今天受寵的子女總讓父母開車接送學校。我每天走路都要經過一片郊區的荒野，這裡是寬闊潮濕的河地，野山芋的碧葉碩大如傘，常常成為我和同伴們玩耍藏匿，甚至躲雨的地方。躺在柔軟的草堆裡，聽著細雨劈里啪啦敲打著芋葉，夢想著永遠安家此處豈不是最安全而愜意的嗎？瓜園不知從哪裡飛來這麼多十分好看的花蝴蝶，不但個頭很大，身上的花斑像是標本那樣的五彩繽紛，絢麗奪目。山苦瓜的顏色有的粉紅，有的淡黃，有的透明晶瑩，有的吐出橘紅色的甜瓤，蝴蝶飛進飛出，十分熱鬧。附近流下的工業廢水溝旁三兩個小孩子蹲在那裡，撈取那些在奇臭無比的環境中頑強生存的魚蟲。常年堆積如山的垃圾堆上，撿破爛的孩子一邊扣扣挖挖，一邊手裡搖著自製的冒出股股濃煙的小罐頭火爐，充滿了樂趣。這些周遭的景物在我幼年的眼裡顯得再自然和諧不過，就像童年時穿著顯然不合身的哥哥穿剩的衣服一樣見怪而不怪。我的好奇心和求知的渴望卻隨著年齡一天天在增長，比以往任何時候都強烈。

上學經過老東門菜市場，那裡有一家連環畫店，天天對我施放出難以抗拒的吸引力。只需花一分錢，便可坐在裡面不限時間看所有的連環畫，天下哪有這樣的美事。自己口袋裡還有父母給的幾分零用錢，一想夠我在這裡逍遙好多天了。我一頭鑽了進去，擠在一堆同樣曠課的同齡孩子們當中，外面是貴陽特有的「天無三日晴」的陰雨，屋內卻是一段陽光如此燦爛的日子。遠離了學校和流氓，在連環畫的天地裡盡情享用一份自由和安全。在那段荒廢動亂的日子裡，從某種意義說連環畫充當了為我們補習文化課的良師。書店的藏書竟是如此豐富，上自歷史文化傳說，下至當代反特戰鬥故事，無不齊備。再加上外國經典，尤其是蘇聯衛國戰爭題材的故事書可以說是連環畫的汪洋世界了。然而最讓我百看不厭的還是那些精忠報國和俠肝義膽的兵家演義。楊家將、岳飛傳被我翻得可以說爛熟於心，故事裡面的英雄豪傑令我佩服到五體投地。我看得痴迷、看得穿越，看到替古人擔憂、咬牙切齒、生氣流淚。看到心醉神馳、遙戀俠女、情竇乍開、一往情深。

不知不覺地在逍遙中打發著時光，口袋裡的幾分錢早已花光，便又偷偷從父母口袋裡掏來五分兩角，交了書店的學費。本來以為我的逃學美夢就這樣一直做下去，也許永遠都不會被發現。可是萬萬沒有想到我還有一位很負責任的班主任，儘管都成了「臭老九」，卻還惦記著她的東北「得意門生」，怎麼突然在視野中蒸發？一張曠課通知單由學校送到了家裡，說我在學校已失蹤了N週。父母大感疑惑，便悄悄派了我哥哥第二天一路尾隨我上學，看看每天背著書包出門的我究竟神遊何方。接下來的那一頓體罰至今令我心有餘悸，此生難忘。雖因挨打而深感委屈，但是內心真正割捨不下的仍是連環畫。在今天看來家人在無意之間奪去了我這種以間接方式「讀書求知」的機會，這既是孩子的不幸，家庭的厄運，也同時折射出時代的無望和可悲。

隨著文革的風潮越演越烈，一切封資修的文藝作品作為香花毒草統統受到批判和摧毀，連連環畫也未能倖免於難，遭到收繳和焚毀。學校已經「停課鬧革命」，中學生們在大串聯，到祖國各地散播文革火種，小學生則一律被打發回家，無限期放了鴨子。父母此時已淪為了走資派，下放到各自的五七幹校勞動改造，家中便只剩下外祖母、我和哥哥留守了。我們住在市郊環城公路旁一棟被革命群眾戲稱為「保皇樓」的支黔幹部大樓裡，面對寬闊的環城大街，因此當年貴陽如火如荼的文革盛況，尤其是武鬥情形歷歷在目。大路上每天赫然開過一輛輛的卡車，車上的造反派們鋼盔鐵棍，真槍實彈，顯得威風凜凜，那股敢上刀山下火海的氣概令人不寒而慄。車隊往往由一輛宣傳車在前面開路，車上的高音喇叭喧嚷著他們造反派的名號，播放革命勝利戰果，然後敲鑼打鼓，伴隨著毛語錄改編的歌曲喧鬧而去。

當時有一個造反派女播音員很出風頭，她不但播音還能唱歌，人給她一個綽號「喇叭花」。那些日子我們天天從宣傳車擴音喇叭中聽到她的播音和歌聲，記得她總是愛唱一首歌《遠飛的大雁》，給我留下很深的印象。這首歌不同於其他的紅歌，旋律並沒有鏗鏘激昂或聲嘶力竭的調門，反而悠揚而抒情，所以顯得特別。這原是一首頌毛的藏歌，歌詞為「遠飛的大雁，請妳快快飛，捎封信兒到北京，翻身的農奴想念恩人毛主席」，可是「喇叭花」卻移花接木，每回都將末尾一句歌詞改成「造反派戰士想念恩人毛主席」。此歌當時全國流行很廣，最後一句歌詞也往往被全國各地的革命群眾因地制宜地改唱為各種版本。後來，「喇叭花」的歌聲突然沉寂下來了，連同那台宣傳車也由此銷聲匿跡，傳說她是在一場造反派的武鬥中「壯烈犧牲」了。

商店總是大排長龍搶購商品。臨近春節時家人讓哥哥去通宵排隊買肉，回來臉上竟然掛了彩。我們是外地人，走資派子弟，在當地被欺負似乎已不稀奇。對此事父母也只好抱著息事寧人的姿態，忍氣吞聲，從來不想惹麻煩，找對方理論。意識到了我們哥倆在市內這樣下去缺少安全，家人就決定將我們送到母親所在的五七幹校去。

母親下放在貴陽郊區的三江五七幹校，她和許多「牛鬼蛇神」們住在一棟條件簡陋的大筒子樓房裡。雖然說不上是牛棚，但是早請示晚彙報，身心受限卻如置身牛廄之內。白天在農田裡勞動，培養勞動人民的階級感情，晚上自我反省，從靈魂深處鬧革命。我們還小，當然並不能夠理解走資派、保皇派的含義和父母當時的真正政治處境，尤其搞不懂僅僅身為市委辦公廳的會計的母親怎麼與走資本主義的道路牽連到一起。反正沒人給我們上綱上線，搞鬥私批修，哥倆兒反倒像集中營裡無拘無束的小難民，快樂的苦菜花，頗得幾分逍遙自在。我們整天在外面玩耍，有時跟其他走資派狗仔們混跡一處，有時我和哥哥單獨去闖蕩歷險，溜進大山溝裡消磨時光。幹校的坪壩山環水繞，尋幽探祕之處極多。由於它依山傍水頗有世外桃源之趣，所以幹校在文革前一直都是高階幹部療養院。當年貴州省的大走資派們的別墅據說都築巢於此，如今變成了他們腐朽靡爛的資產階級生活方式的罪證，早就被革委會造反派們奪取，成為他們文攻武衛的指揮別院。

聽當地人講，三江的源頭來自大山深處的簸籮戈（布依族語，指土寨）山洞，溪流涓涓流出壩子，然後五曲六彎，匯聚了大大小小的山澗，形成一股寬約丈餘的湍流自高山奔騰而入深谷。進入了人稱雷打崖地段後，江面隨之開闊，水流平緩而清澈，深險的江底歷歷在目。五顏六色的河魚在晶瑩的卵石襯映下閃動著鮮活透明的鱗光，肥壯的青蟹趴在河灘上，然而一湊近牠們，便嗖地鑽入深水或礁石下面不見了。山中溶洞密布，暗河的轟鳴時遠時近不知從何處傳來，隨著喀斯特地形的千變萬化在山體之中迴蕩喧響，又嘩啦一下從深淵處奔湧而出，在坑坑窪窪的岸褶裡流瀉。不會游泳的我，硬是讓哥哥給推下河裡學狗爬式，灌了不知多少回水，哭鼻抹淚地竟然也從此學會了游泳。

我們還爬山上樹摘野果吃。山上有野楊梅，嘴巴都吃酸了，雙手沾得梅汁淋漓，吃不完乾脆用衣襟兜滿了帶回去。回到家時衣褂早已是一片猩紅，免不了挨母親的數落責罵。我們聽苗民唱民歌，悠揚地從江的對岸傳來。循著歌聲望去，背簍的苗族男女身著鮮艷的衣褂在竹林中一前一後，慢騰騰地攀登山路，便覺得此情此景美可入畫。聽說山裡有野獸，有人看見過斑豹，可是我們明知山有豹，卻偏向豹山行。哥哥攥著一柄殺豬刀，我手裡拿著彈弓走在山路上，一副虛張聲勢的山大王的模樣，可是心裡卻是怕得突突地直跳，然而卻絕無一點回頭的念想。沒看到山豹，卻看到了三五成群的獼猴，在叢林高樹間跳蕩戲耍。當地一直有生吃猴腦的鄉間習俗，雖然我從來沒有親眼目睹，卻也聽說過宰殺的恐怖過程，還見識過屠宰猴子的器具。那是一張特製的三角形小立桌，可以左右開合，中央是一個剛好能塞進猴頸的圓洞。使用時食客將抓來的猴子關進去，剛好留出猴頭在洞口之上，然後找準要害一錐子猛敲下去。這時只見猴的四爪在下面踢蹬掙扎，嘶啼之聲寒心徹骨，上面卻開宴設席，立取鮮腦當下酒菜了。

這種野蠻的陋俗至今沒有絕跡，據說還是西南地區一些餐館的旺店野味呢。

山果吃膩了，我們又溜進幹校的自留地裡偷花生吃。碧綠的菜園裡花生正值肥熟季節，一到這個時候難免有人溜進園來，幹些順手牽羊的事，常常會有人被看園者逮住。奇怪的是今天怎麼也不見護園人？我們暗自慶幸，於是便毫無顧忌地溜了進去。兩人東摳西挖沒多久便收穫了一小堆鮮美的花生，正待圍坐山貨而大快朵頤之際，田邊的灌木叢中卻突然跳出一個人來，著實嚇了我們一跳。來者不同尋常，外表是一襲長衣爛衫，既不像披風也不似簑衣地耷拉在瘦削的身架上，手裡拎著一根魯賓遜流浪棍，頭頂一尊歪扭而搖晃的高帽，及至走進才看出是幾隻草帽疊落而成的高塔，造型十分怪誕和恐怖。還沒等我們從地上爬起，那人已經凜然地矗立我們眼前，頭上一片天空似乎也被他的草帽的巨影籠罩了。草帽的下面露出他的一張黑瘦的臉龐，明顯上翹的下巴彎弓一般向上抻拉，使得他的鼻、眼和嘴巴深陷進去，雙目卻炯炯有神，猶如黑窟窿中射出兩道犀利的寒光。我嚇得說不出話來，想跑也抬不動腿。這時耳邊卻分明聽到他在問話：「你們是遇秀貞家的小鬼嗎？」我簡直不能相信自己的耳朵，他怎麼會知道母親的名字？我們哪裡還敢答話，更不能讓此事牽連了正在勞動改造的母親，沒等他繼續審問下去，便砰地撒開腿一溜煙跑了。

我們根本不敢向母親提起這件糗事，過了幾天後看看並沒有什麼動靜，便開始左右打聽，究竟這深山怪客為何方神聖？方才知道他是大名鼎鼎的走資派韓子棟。其人來頭不小，他就是當年家喻戶曉的紅色經典小說《紅巖》裡面「瘋老頭」華子良的生活原型。他個人的經歷極具傳奇性，曾經做過中共地下黨的交通員，後被捕關押在森嚴戒備的政治犯集中營重慶白公館。囚禁期間他佯裝瘋癲，十四年如一日地蓬頭垢面、神情呆滯地獨自在集中營的放風壩上跑步，終於讓看管的守備確信他喪失了理智而放鬆了對他的監視。後來利用一次外出挑貨的機會，他最終得以逃脫投奔了解放區。在集中營囚禁期間因為長期營養不良，他患過疾病，連牙齒也過早脫落。後來一想，難怪那一天他跟我們講話時，嘴巴顯得塌陷很深，他的牙齒和牙床都已經明顯地退化了。

文革時期就像許多在白區工作過的中共元老一樣，韓子棟被打成了國民黨藍衣社潛伏特務。他因此從貴陽市委的領導位置上被打倒，身兼特務和走資派雙重罪名，遣送五七幹校勞動改造。他和母親在幹校同住一棟筒子樓裡，又曾是上下級關係，知道我們是誰家的小鬼也不足怪了。具有諷刺意味的是，當年華子良裝瘋賣傻是為了掩人耳目，伺機逃往解放區。而今在共黨政權下他卻再次衣衫襤褸、裝神弄鬼，目的卻是守田看地，驅鳥趕賊，個中緣由令人不禁唏噓。

我失學了差不多半年左右，直到有一天貴陽市突然宣布實行軍管，武鬥和打砸搶狀況才慢慢平息了下來，市內的中小學校也紛紛復課了，我們便返校上學。父母後來也接到了回原單位上班的通知，可是聽說韓伯伯的問題卻拖了很久沒有得到政策的落實，直到文革結束後他才獲得平反而重返市委領導職位。到了七〇年代初父母終於完成了支黔使命，這才帶著全家離開堪稱文革重災區的貴州，返回了東北故鄉。

姥爺教我們規矩

在我讀小學的時候，每天放學肚子餓了一定要往姥姥家跑。這不僅因為姥姥家早成為我們蹭飯的「免費食堂」，更在於姥姥廚藝高強，做的那一手好飯菜連母親和舅媽也甘拜下風。

每一回火炕上都滿滿當當地置備上一小桌香噴噴的菜食，主角自然是高高在上的姥爺。我和表哥表姊不知從何時起登堂入室，也能和姥爺同席而餐。想想恐怕是姥姥為我們爭取的特殊待遇。然而姥爺的位置總是獨占一方，他坐在炕頭的雅座，孫男孫女則一字擺開，於炕梢隔桌相對。他的飲食之道頗有古風，極少聽他講話，只是喝酒吃菜。吃飯講究細嚼慢嚥，喝一碗稀飯似乎比喝一盅酒快不了多少，不像我們那樣稀里呼嚕地一掃而光。他常批評我們孫子輩的坐無坐樣，吃沒吃相，尤其是吃飯手拄炕的毛病：「吃飯拄炕，那就是主賤！」被他看到了就會這樣一頓數落。可是對於七、八歲的孩子們來說，哪裡懂得這種雙關語的玄機，也受不了條條框框的拘束，過不多久，我們就開始嘰嘰喳喳地說起話來了，好像空降了一群麻雀。此時，只聽姥爺清了一清喉嚨，撂下碗來。但他要發火也不是頃刻發作，總是先將嘴裡的東西服服貼帖嚥下再說。彷彿感到一股龍捲風正在我們頭上迅速聚集，大家便立刻鴉雀無聲地吃飯了。

姥爺不但在餐桌上講究規矩，就是起居作息等尋常瑣事，他也都有一套幾十年如一日的堅持，雷打不動。二老平時廣結善緣，喜歡熱鬧，到了晚上，家裡總會來一些大擺龍門陣的鄰里街坊。可是他們都知道老人家有早睡早起的習慣，約莫九點鐘光景，通常是只聽到舅舅一聲「睡覺嘍——。」拖長的京劇道白腔調有心無心地下逐客令，舅舅先下了炕出屋，大家也便知趣地起身離去。

冬天的東北，夜長天寒，屋外一片冰天雪地。大人小孩麻溜兒地鑽進了被窩，在火炕的溫暖中縮成了一團。可是姥爺卻不慌不忙地戴上他的絨睡帽，套上軟睡襪，然後頭靠一個方方正正的硬枕頭舒舒服服地躺下。他的被窩可以不誇張地說是一件工藝品，不但鋪就得方正不苟、四角分明，還要上壓下墊皮褥毛毯。別人的被窩嗖地一掀開倒下就成，姥爺卻每次不得不一點一點地像春蠶蛹動般地鑽進去。幼年的弟弟常留宿睡在姥爺的旁邊，半夜裡難免踢被蹬褥，直挺挺地將自己的大腿直搗進姥爺的被窩裡。只聽到黑暗中姥爺發出一聲悶雷似的長吁，然後是一陣窸窸窣窣整理被褥的聲音，夾雜著姥姥埋怨姥爺的悶聲悶氣。

俗語說「無規矩不足以成方圓」。聽長輩說，姥爺的生活習慣以及繁瑣細碎的規矩，多是與他的早年經歷有關係。他幼年時逢清末民初時代大變革，因家境困迫，十六歲就出外謀生，當學徒經商。雖然沒有受過多少正規教育，可是在社會大課堂裡卻學到了不少行商守業和為人處世的行為規範。從「立端正，揖深圓」一類的舊時社交禮數，到「店無信不興，人無信不立」的經商與為人處世的理念，他都耳濡目染地記刻在心。

姥爺三十歲便升做了掌櫃，經營著遼南數家雜貨行，相當於今天的連鎖店。東家則住在河北，一年也來不了幾次，他對姥爺一百個放心。不為別的，就是看中了他的篤厚實誠，板板正正地做事為人的稟性。掌櫃一直做了幾十年，別說不會貪拿東家的一分錢，用姥姥的話說，「連一根繩頭兒都沒帶回家過。」

都說內外有別，一碗水難以端平，可是姥爺對待家人向來是「輕重看秤桿」在公平方面絕不打折扣，哪怕是自己的親生骨肉。比方說，平時逛大菜市場，他會順道給我們捎來一些時鮮早貨。兩條魚、幾塊豆腐能值多少錢？可是姥爺一定會對母親提醒一句說：「魚五元、豆腐兩元啊。」那意思分明是在和女兒「親戚明算賬」。兒女獨立，絕不養「啃老族」，這也是他不成文的一條家規。

可是，他的家規有時發揚到了極致，難免生硬死板，甚至有些不近人情了。比如我哥哥在外面闖了什麼禍，父親要責打他，可是父親在責罰孩子方面向來是雷聲大雨點小，高舉的手掌往往輕輕落下，只待別人前來解圍將那虛張聲勢的臂膀拉住。可是姥爺卻毫不理茬兒，還會在一旁火上加油：「打！打出血滋兒來，看他還長不長記性！」本來以為姥爺會為外孫解圍，沒曾想他竟然還左一個「棒子燉肉」、右一個「棒下出孝子」地煽風點火，讓我的母親氣得落下埋怨的眼淚。

如果兒孫在外面搞出了任何名堂，哪怕是光宗耀祖的顯榮，姥爺也輕易不在人前誇讚。表哥書法出色，貼在家中的一張條幅引來左鄰右舍的讚許，七嘴八舌說年輕人將來定有書法方面的造就。姥爺卻輕描淡寫地上下瞅了一瞅，然後搖了搖頭說：「咳，不知天高地厚唄。」以反諷的形式加以肯定，這是姥爺表示認可和讚許的方式，就算是在表揚他的孫子了。事實上，他心裡一定是喜孜孜地，可是夫子之道是不能夠喜形於色的。

雖說在晚輩面前姥爺是一位不苟言笑的大家長，望之儼然，甚至聞之也懼。然而他仍有兒女情長的一面，這一點是在我年齡稍大以後才知道的。

那一年父母奉調支黔，親人遠隔千山萬水。姥爺惦記著我們一家人，便付諸思念於筆端，寫了一封很特別的家信。姥爺是一個使慣了毛筆的老骨董，當年開始流行的自來水筆對他來說很不習慣。據說姥爺為了這封家信花了大半天時間，如今我只能想像他當時如毛筆那樣攥著自來水鋼筆，筆尖喀滋喀滋吃力地亂跳，在信紙上戳出了好多窟窿來。這封信情真辭懇，一掃往日那股正襟危坐的老八股氣味。可是他心裡仍感到言猶未盡，後來竟然一個人千里走單騎，從老家坐了幾天幾夜的火車來貴州看我們。當年姥爺途經武漢長江大橋時在橋邊拍攝的紀念照至今由我們保存著。他那時蓄著一撮漂亮的唇髭，手捏摺扇，新衣新鞋，一副心情愉悅的樣子。

轉眼我念大學了，那時姥爺已年過古稀，由於腿腳不靈，已很少出門了。有一年我回家過春節去看望他和姥姥。他看上去真是蒼老了很多，站在那裡手上已多了一條枴棍。姥爺平時一向講究儀容，修飾整束得一絲不苟。可是那時他蓄留了半輩子的漂亮的唇髭不見了，兩腮取而代之地爬滿了稀疏花白的短鬚，顯然好久未刮過臉了。那時，母親生了一場本以為沒什麼大不了的毛病，可是住進醫院後卻久不見好轉，雖然後來四處求醫、找遍偏方，還是終告不治。失掉愛女的悲劇顯然對他造成難以承受的打擊。家人說，他常常一個人呆坐炕梢，不和任何人搭話。因為他已經耳聾了，也很難與人溝通。

晚年時姥爺來過我們家幾次，雖然高齡行走已經不便，但每一回來卻必然不空手來。那時候沒有計程車，路途不近，他自己拄著枴杖深一腳淺一腳地過回頭河小橋，又擠過菜市場，再慢慢爬上我家的二樓。那一天他給我們留下一小籃的雞蛋，父親順口問了一句多少錢，因為這是家裡老規矩了。姥爺卻淡淡地擺了一擺手，彷彿是推開一杯滾燙的開水，回答道：「咳，算了吧。」

這不是姥爺頭一遭「費用全免」地送貨上門了，晚年的他，用舅媽的話來說，他是「人老了，手也鬆了」，大概是指他對子女的關愛隨著老之已至也越來越顯露。我想，姥爺打心裡根本沒有和兒女骨親盤算計較的意圖，他不過一輩子都在身體力行，默然地化說教於生活的點點滴滴，在古板的外表下，其實蕩漾著一股潤物無聲的溫情。

雖然我已遠離故土很多年，我的書房裡至今仍然珍藏著姥爺的那只小酒壺。姥爺並沒有給後代留下什麼像樣的家財，在眾多的舊物品中，我獨挑中了這只貌不驚人的老酒壺。因為它帶給我的不僅僅是對於姥爺的那份溫存的記憶，也是一件歷經滄桑的信物，是一件彌足珍貴的吉祥物。

懷念回頭河菜市場

童年的時候，家鄉的回頭河菜市場是我常常逗留玩耍的地方。我們縣城裡數這個集市最為熱鬧和繁忙，因為貨全物豐，城裡人沒有誰不去趕一趟它的早市或者晚集，在晨昏炊煙中過著雖然簡單卻充實滿足的菜籃子的生活。

菜市場位於城中心的回頭河岸，河中間有一座老拱橋，兩岸低垂的柳林，既為菜市場擋風遮陽，也為回頭河起到了陪襯和美觀作用。在我記事的時候，木頭拱橋因不堪負荷被拆掉了，換成了更為堅固的鋼筋水泥橋了。隨著歲月的腳步菜市場似乎變得更加熱鬧和繁榮了。

每天來趕集的鄉下農民小販，天麻麻亮時就來攻城略地，占據好市場各個角落。各式各樣的新鮮蔬菜水果、雞鴨畜禽、海鮮乾貨還有熱氣騰騰的擔挑小吃和早點擠滿了市場空地。攤位後面或坐或站著清一色早起勤快的農夫村婦，身上裹著城裡人看來過時的土氣衣服。男的往往戴頂趙本山演小品的那種耷拉著帽檐兒的舊帽子，婦女腦瓜上繫一條花裡胡哨的頭巾，露出淡淡土紅色的臉蛋兒。他們向城裡人兜售著物品，討價還價。或者你一言我一語和你隨便扯東拉西，口音不同於城裡。城裡人認為很土，甚至譏笑這種山溝老屯兒的腔調，可是鄉音仍舊在河風裡執著地飄揚迴蕩，散開質樸憨厚的漣漪。

偶爾也會聽到外地人的口音，覺得陌生刺耳，與當地的喧嚷有些格格不入，常常吸引了很多城裡人駐足圍觀。這些攤販大多是從北面來的，專賣跌打損傷、治不孕症、口眼歪斜的江湖郎中。他們比當地的攤販更加能說善道，顯得見多識廣，將那些原本握緊了口袋的大媽小媳婦們懵得迷迷糊糊地，最後心甘情願將江湖郎中髒兮兮的錢口袋裡塞滿了錢。

當然擺攤賣貨者也不都是城外的人，城裡的商販也會瞅好了某個人氣旺的地點，一大早也蹲在那裡跟著吆喝，賣的貨品卻是日雜小商品。在我童年的記憶中有一位專賣布匹染料的老頭兒，脖子上生著一顆顫顫巍巍的大肉瘤子，每當他高聲吆喝，肉瘤子也跟著抖動甚至漲紅起來。他喊到「好——色！」拖了很長的音節，最後驟然落下，頗引起路人的好奇。「好色」與男女荷爾蒙無關，而是攤販在推銷自家染料色澤的無可挑剔而已。

城裡人逛市場，頭腦精明，目的明確。他們往往關心的是蔬菜新不新鮮、肉蛋魚是不是最好最便宜的、豆腐是否又鮮嫩又筋道還必須是熱氣騰騰的……同時還得兩眼瞪得溜圓地瞅著商販的秤桿，不能有絲毫斤兩的差池。最後再由賣貨的隨便抓起一小把山棗或櫻桃什麼的，向秤盤裡一丟秤桿立即向上一翹，城裡人這才心滿意足地拎了買好的東西離開。儘管城裡人挑揀得精明，攤販們也少有欺客詐市的行為，信譽這個後來才逐漸被常用甚至濫用的詞彙，在當年卻是不需成文的規矩。

市場上的貨品可以說五花八門，令人眼花繚亂。雖然仍舊處在改革開放初期，市場經濟半緊半鬆的年代，可是回頭河市場卻早已呈現出後來百貨商城的露天雛形。當年追求時髦的年輕人來到市場裡尋找他們的蛤蟆鏡或者喇叭褲，時不時地聽見他們手拎三洋牌收錄機播放出鄧麗君的靡靡小曲招搖過市，帶給我們這些年齡還小的孩子們某種新鮮刺激感。然而對於我們來說，真正感興趣的是那些好玩的和能滿足嘴饞的玩意，那些稀奇古怪的時髦貨色還都是精采內容的陪襯而已。

我們小孩喜歡的往往都是零嘴小吃。記得最常吃的是一種名叫「錐錐兒」的小海螺，據說只有家鄉西海頭一帶出產，別處不見。一分錢便可買一小紙袋子，吃法也是別出心裁，大人都是動針使錐地摳挖，我們則用衣服扣眼兒喀吧一下掰斷錐錐兒尾巴，省事而有效。然後用嘴巴一吸，裡面軟軟的螺肉就哧溜一聲送進嘴裡，其味無窮。女孩子則更喜歡一種叫做「菇鳥」（燈籠果）的小甜果，吮光了裡面的瓤後，便可放在嘴巴裡吹氣泡泡，然後在齒間一擠，便噗哧發出一聲氣響，好吃也好玩。

小孩常常逗留而賴著不走之處則是小雞小鴨和金魚攤。看著剛孵出不久的小雞像一團一團軟棉花糖在大竹筐籮裡趺趺撞撞，發出小鳥似的稚嫩歡叫真讓我們心花怒放。金魚盆裡那些挺著肥大得像要崩裂的圓肚肚金魚，笨拙地在水裡轉圈圈，則顯得可愛又可憐。結果經大人同意，我和哥哥買回了兩條金魚，小心翼翼放進了家中的一個小圓口水缸中，再投進些水草魚食。可是缸深水暗，大家趴在缸沿往裡瞅了半天，卻什麼都看不見。還是爸爸幫我們解決了難題，買回了一個透明的玻璃魚缸。這一回我們不但將金魚搬到了新家，還將爸爸參觀革命聖地延安帶回的一個瓷製寶塔山放進了魚缸中，好讓金魚有個水中玩耍的窩。我們瞅著金魚在墨綠的水草和寶塔山之間撒歡兒暢游，追著吞食我們給牠們撈來的魚蟲，心裡別提有多麼興奮了。

秋天來臨，家鄉特產的蘋果在沐浴了整整一春夏遼南溫潤的陽光雨露之後，吐出嬌艷的光澤和雲霞似的緋紅。一籠籠一箱箱帶著豐收的喜悅和滿足，從鄉下運進城裡，運進菜市場，也送進城裡的千家萬戶，窖藏過冬保鮮保嫩一直可以吃到來年開春。菜市場這時也停放著滿載白菜的小拖拉機、手推車、三輪車。每家開始醃酸菜，風匣將灶火鼓蕩得通紅，大海鍋燒滿了開水，即時燙菜，然後入缸壓實密封由它發酵。東北人從此不愁沒有下鍋的冬菜，過年時更是以酸菜領軍大宴小酌。

雪花追著秋葉而至，山河大地一片銀白。回頭河在數九隆冬已是寒冰三尺，河面晶瑩而透明。人們戴著大護耳棉帽，大棉手捂子，甚至罩著大口罩，在零下二十幾度的冰天雪地裡，成群結隊嬉鬧追逐，玩得不亦樂乎。孩子們滑冰車，人影如飛，嗖嗖而過。玩陀螺的將那轉動的陀螺抽打得嗡嗡飛轉，似乎永遠都不會停歇的樣子。橋下是活力激盪的冬日河景，橋上則蒸騰四散著小攤籠屜的熱氣，燃燒著一爐爐溫暖的冬火，散發著熱鬧和生氣。雖然市場夏綠秋鮮的嫩貨不見了，可是冬天煙火不斷，熟品小食登場，糖葫蘆、烤地瓜、烘栗子、熱烱子、蒸豆包、煮茶葉蛋，人見人愛，而爆米花更是冬天裡給孩子們帶來一道暖流，在驚天動地的一聲巨響中，讓孩子們發出會心的笑聲，劃破了長冬的沉悶。

我離開故鄉快四十年了，雖然也曾逢年過節去訪親探友，可是每每經過回頭河市場卻很少再去留意它，更不要說逛它一逛。如同回頭河水一旦流出旗杆底山口，便不再眷戀地一直奔向大海。改革開放四十年了，國家進步繁榮，人民的生活水平提高有目共睹。過去那種由統購統銷憑票供應的「三兩油」、「一斤米」、「半斤肉」的餓餒饑饉的狀況早已一去不復返，以往小商小販個體經營的農貿輕工市場形態一躍而變成了大規模產業化批發零售經營模式。商貿大廈拔地而起，店面門頭招牌林立，一切顯得更加規範，更加有秩序，也更加美觀。

如今我站在已改稱「街心公園」的回頭河市場的老橋頭，舉目四顧，垂柳依舊，人事已非。我們的生活水平有了本質上的改觀——今天的商品比以往任何時候更物全貨豐，消費者出門購物甚至網路購物的選擇也變得極為方便。家鄉特產的蘋果陳列於五顏六色的漂亮禮盒中展銷，賞心悅目。想吃酸菜也不需要等到寒冬臘月，成袋成打的保鮮密封的酸菜一年四季超市裡等你挑選。雖然說小錐錐再也看不到了，可是菇鳥卻比當年還要賣得紅火，市民如今早已將它當作葡萄、櫻桃一樣的水果天天食用。而女孩子們現在誰還稀罕吹菇鳥這種落伍的清貧時代流行的娛樂？

然而凡是新生事物總難免伴隨著某種侷限和遺憾，就彷彿買瓶瀘州老窖卻偏偏搭配了幾袋洗衣粉一樣，付出令人意想不到的小小代價。常常聽到人們在富裕繁榮了之後仍舊抱怨，感覺欠缺和丟失了一些什麼。借用我大哥的話說：「大地的苞米就是不如農家園邊苞米好吃。」這似乎也是一個熱點話題，即大規模標準化的產銷如何在原生態小眾化的傳統面前保持優勢？產業化經營方式不僅難以保留私家園蔬的手工特色，恐怕連除蟲施肥保育和進貨管道諸環節都容易出現盲點，想要找回當年的口感恐怕是越來越難了。在海鮮魚檔看到魚販子正將一條活蹦亂跳的養殖魚開膛破肚，只見血肉模糊之處，魚心兒還在案板上怦怦直跳。賣魚的人手仍舊拄著刀，衝著來往行人不停地大聲吆喝道：「賣魚嘍，不新鮮不要錢，不打激素，不打抗生素，買了安心，吃了放心啊！」江湖郎中的叫賣聲也時而傳來，而今他們販售的都是些所謂「特效藥」，號稱「一針靈」或是「貼即硬」。

從橋上俯瞰，河堤於今修建漂亮，四周敞闊整潔，綠蔭成行。退休老人們在此找樂子，不是跳些大秧歌，就是交誼舞，配以舞曲，秧歌或遼南影調戲的中西合併的音樂，自得其樂。可童年記憶裡的冰車、陀螺和滑冰場隨著冰雪一起消失了。

回頭河市場不復存在了，我的故鄉在通往現代化都市的道路上又前進了一大步。可是迴首往事，我依舊懷念已然消逝的故鄉的老菜市場，懷念鄉土特色菜的味道，懷念一聲春雷中瀰漫大地的清新與芬芳，懷念在日益繁華的都市喧塵中冷卻了的人情溫度與淳樸民風。

姥姥家的火炕

火炕是北方的老房子常見的居室歇宿之所。平時除了一家人晨昏坐臥或圍席聚餐的用途外，它還兼有待友款客、盤膝傾談，凝聚人際關係的樸素高效的社交功能——姥姥家的火炕尤其顯示出後一種特色來。在沒有電視、網路、手機和微信，甚至家裡還沒有沙發的年代，大家飯後茶餘便要湊集於火炕，將如今手指一點便可盡曉的天下事，以閒拉家常的古老之法與人分享，並消化和吸收那些道聽塗說的新聞事件和家長裡短。在一陣讓茶遞水和常常難以迴避的菸草味中，三個臭皮匠頂個諸葛亮地去偽存真，去粗取精地掌握了當前的上至國家大事下到菜籃子工程的必要資訊，增廣了見識，夯實了感情，在陣陣會心的笑聲中似乎與整個世界拉近了距離。

姥姥家的平房是南北向，坐北面南冬暖夏涼。火炕挨著南向的明窗，白天陽光朗照如光波的洪水悄然湧入，經坐磨得溜光的炕席折射，泛映得室內四壁生輝，散發出溫暖通透的亮度。尤其是早晨家人圍炕桌吃飯的時候，亮錚錚的光線在他們清爽的臉蛋和衣服上形成明暗不等、既柔和又勻稱的線條和輪廓，飯菜飄升的蒸汽，滿桌的盤缽和大大小小的飯碗菜碟這時也都跟著忽然明亮而鮮艷起來。光就有這種轉化能量的奇妙威力，它竟然使牆畫上高舉紅燈的李鐵梅原本凜厲緊鎖的眉眼也彷彿溫柔嫵媚了幾分，似乎受到一股強大磁場的吸引，永不疲倦地凝望著火炕上每天發生的一切。

姥姥姥爺平時廣結善緣，每天到了晚上，家裡總會來一些大擺龍門陣的親朋好友。姥爺這時候往往讓客人炕裡面落座，自己則固定在一張方凳上坐定，二郎腿上交叉著保養得十分白皙的雙手，和老熟人慢條斯理地嘮扯一些他當掌櫃的老雜百店的陳年往事。七姑八姨們則守在炕頭一端看著姥姥放牌擺十二月，一張一張的撲克牌被她因一輩子圍鍋台轉而變粗糙的手指頭捏來抽去，到了最後一刻順從地亮出那一張似乎帶來好運的大尖兒時，姥姥的嘴角綻出一絲似乎早有把握的淡淡的微笑。有時哪個姨媽衣角忽被輕輕捏起，接著大家發出一番驚讚——那樣的布料和手工在當年算是相當精細的女工。舅舅是高中語文老師，德操和學問在親友中享有崇高地位，他和幾位具有尊望的家族男性長輩聚在炕梢議論國家大事，往往圍繞著官方新聞，尤其是小道消息權威來源的《參考消息》的某些報導，來判斷著國家的政治風向和背後隱藏的玄機。那時候政治運動如今日的股票市場一樣難以預測，長輩們在歷經了多次的政治動盪之後，總是對政治方面的資訊謹慎地掂斤捏兩。而父親的到來則似乎總為這些民間傳聞帶來什麼官方的版本和解釋，因為他的局長官銜，少不了在座的個別親友藉機央求他給走個後門。所以父親總是坐不了太久，也總是坐在炕沿位置，也許為了接我們回家方便，坐坐就走，能進能退吧。

有時候姥姥姥爺的鄉下親戚進城辦事，也會來家裡坐坐，抽一袋煙再趕回去，或者吃飯留宿。姥姥的親戚和姥爺的親戚很有些不同，姥姥家的鄉親大多說話輕聲細語，性情溫和幽默。她的娘家住在西蘭旗滿族鄉的河東屯，歷來漢滿雜居。雖然姥姥家是漢族，但因為久居在旗的人中間，說話沾染了滿人的官話腔調，絕不同於一般遼南的海蠣子味道，略帶一點京韻，聽著舒服悅耳。姥姥的胞弟，我們稱他七舅爺，每次到家來就如同一位說書先生光臨。他說話風趣，藏了滿肚子民諺俗語，讓我們這些城裡孩子們大開眼界，喜歡聽他講些鄉下的新鮮物事。「百日雞，正好吃；百日鴨，正好殺」。家裡人殺雞宰鴨、好菜好酒地招待他，坐在炕上雅座的七舅爺抽出嘴巴裡的菸袋鍋兒，不緊不慢地吐出一句順口溜來。當然我們最愛聽的還是他在鄉下捕黃鼠狼的故事。他捕黃鼠狼的能耐在十里八村成為一絕，凡下過的鼠夾，再刁滑的黃鼠狼經過就犯。他每次都將剝下的黃鼠狼毛皮賣到城裡土產公司，在收購商那裡很有名氣。尤其冬天捕來的黃鼠狼尾毛油亮彈挺，是書畫家青睞的狼毫，也賣得好價錢。不過七舅爺說有一回他碰到一隻鼻尾都長著白毛的黃鼠狼，怎麼都不上他的圈套。「身有白毛，不仙也妖。」他自言自語地嘀咕著，叼著旱菸袋繞黃鼠狼洞走了好幾圈。他忽生一計，讓七舅奶煮了一碗鮮嫩的大雞蛋，一大早端到了黃鼠狼的洞口，還給黃鼠狼咕哩咕嘰地說了一番悄悄話。不可思議的是沒過幾天那隻白毛黃鼠狼竟然搬窩了，從此再沒碰過左鄰右舍的一根雞毛！聽七舅爺越講越玄的黃大仙的故事，彷彿在聽故鄉版的《聊齋志異》。黃鼠狼一般人猶恐避之不及，連獵人為免惹禍上身也很少獵殺，偏偏七舅爺不吃這一套，黃鼠狼遇到他就像碰到了剋星，我們總覺著他身上有什麼通靈降妖的法力。

而姥爺家鄉的來客則多是性格外露，粗疏豪放的莊戶人。家鄉喇嘛廟村這個地方從前地貧民窮，自古民風剽悍，性情剛毅開朗。每一回他們來串門子，人沒進屋就在門外高聲大氣地招呼起姥爺和姥姥來，憑那嗓門家人就猜到是姥爺家鄉來人了。話音還沒落，門簾被豁然一掀，便闖進了一副魁梧結實的身軀。爽朗的笑聲和寒暄夾雜著渾厚的嘶啞，震盪得似乎半條街都能聽到——天生一副適合西北高原放歌的磁性聲帶，可是家族上下卻沒有一個人會唱歌。其中的堂舅是十里八鄉出了名的好泥瓦匠，姥姥家的火炕每幾年要翻修一次，都是他親自給盤壘出來的。他幹活兒麻溜俐落，無論脱泥坯，造花道，還是落膛通灰，封炕漫泥，全然一個人炕上炕下、屋裡屋外忙活著。記得冬天外面結著冰碴兒，他忙著在院子裡脫泥坯，兩片棉帽護耳隨著他起落的臂膀忽閃忽閃地顛動，嘴巴呼出陣陣白霧的哈氣，真是一種勞動之美的韻律。後來我在大連工作並成了家，因為城裡已不時興火炕，便換成了一副雙人床。可是我們住的教師簡易房裡沒有暖氣設備，一入了冬立刻感到冷如冰窖，虧得堂舅給我們搭砌了一道取暖火牆，既能烘乾衣物和小孩子的尿布，也為我們抵禦了多少數九隆冬在家中備課和讀書的寒冷。

雖然家中賓客基本上來者不拒，可是個別人後來變成了不受歡迎者，成為親友中少見的異類。有一次家中來了一位特殊客人，是鄰居年輕姑姑帶來的男友。此人是當時縣文工團當紅的男演員，曾在樣板戲《沙家浜》裡扮演過主要人物郭建光的角色。人自然是儀表堂堂，風流倜儻。但是他有個毛病，舉手投足之間有意無意地總是流露出一些舞台表演架勢，大概是職業習慣，身不由己。曾經有一回外面颳著大風，滿街塵土飛揚，垃圾兜頭蓋面。正好由此經過的他忽來了一個背轉身，如舞台亮相一般瀟灑地抖開大衣，直到風消塵散才漸漸收起了那套仙鶴晾翅的架勢，當時我年齡還小，卻記住了這一幕。「郭建光」自來熟，第一次來姥姥家時便自報奮勇地跳上火炕，跟大夥玩撲克牌。可是大家很快便發現他的牌品不好，才玩了幾個回合他就耍起了藏牌的把戲，將撲克牌藏在屁股下面。後來他們發現少了牌，結果在他那裡搜出了花花綠綠好幾張來，由此可見此君為人處事似乎沒有什麼底線。果不其然，和姑姑結婚沒不久他便在外面沾花惹草，後來演變成家暴，最終因為犯法而入了大牢。

每晚一直到堂櫃上的那台老座鐘敲響九點的時候，這個熱鬧爽暢的龍門陣才會收場。老座鐘年代久遠，零組件似乎都已老化，每次報時先是艱澀地發出一陣吱吱嘎嘎的噪音，然後才顫抖著撞響一成不變的時辰。噹啷噹啷的沉重而混濁的聲波像教堂鐘聲一般蕩漾開來，屋裡的氣氛便默契地冷卻和肅穆了下去。姥爺掏出了衣襟下的老懷錶，跟座鐘對了對時：正好九點整。老人家該休息了。這時候通常會聽到舅舅的一聲「睡覺嘍……」，拖長了的京劇道白腔調，有心無心地下逐客令，舅舅先下了炕出屋，這時大家也知趣地前前後後，踏著散落地上的瓜子皮和菸頭，起身離去。

冬天的東北夜長天寒，窗外冰天雪地，大家哧溜地鑽進各自的被窩，在溫暖的火炕上縮成一團。姥姥有腰腿病和五十肩總是睡炕頭，姥爺自然睡炕梢。可是他的被褥鋪陳與人不同，規整方正如豆腐塊，上蓋絨毯下墊皮褥，既講究又繁瑣。我和弟弟有時留宿睡在二老的中間，往往扯開被子倒頭就呼呼大睡，姥爺睡覺前卻要戴上睡帽，套上睡襪，一點一點鑽洞似地磨蹭進去，然後才頭靠著高枕神輕氣閒地躺下。火炕燒得微微發燙，窗戶哈著一層熱氣，整個房間溫暖似春。不久大家便開始鼾聲均勻，七上八落。多少年後讀到小說《雪國》的一段場景，駒子寄宿的那一家老小幾口橫倒豎臥地睡在一張榻榻米鋪上，清貧的生活中充滿一股剛勁、旺盛的生命力，我自然想到了童年睡在姥姥家火炕的情景。只覺得那是一種北方人才能感受到的土地與肌膚之親，在陣陣溫燙的氣流和乾燥的葦香及似有若無的泥土腥味兒中，感受到大地懷抱的仁慈與寬厚。

在我的童年時代，火炕成為了一個奇特而鮮活的家庭課堂，我們在這一特殊環境下如無花果樹一樣悄然地成熟長大了。

歐文・艾德禮

——穿美國時裝的啟蒙時代的法國人？

當今國際比較文學界，新派疊出，營旗頻換。特別是在具有比較文學研究之領航者優越感的美國，更是揚基式精神加現代化幻術，風馳電掣般發明出奇形怪狀的理論炸彈，個個都在比較文學這個試驗場上爆響——那些聚散升騰的核雲頭保證嚇得你目瞪口呆。

不過，間或你驚愕的表情不妨放鬆一下，正是核雲頭隕落，卻待霧靄消散，突然試驗場上推出了一門十五，或許是十六世紀的加農炮車，你是不是剛剛鬆弛下來的表情又會立即換上一副變了點形的驚詫相呢？——在我讀了美國比較文學家歐文・艾德禮的《早期美國文學》一書之際，心理就恰恰形成了這種巨大的反差。

艾德禮（A. Owen Aldridge），儘管他還有一個更冗長的中國名字「奧爾德理奇」，不過前者似乎更可能成為他棲居中國的「綠卡」名頭。這倒透露出他對中國文化的鍾情和博學，當然他對中國文化的研究及所取得的成就，並不在本文探討的範圍。艾德禮是公認的十八世紀歐洲文學研究的權威，美國《思想史大辭典》歐洲十八世紀文學條目都要請他來撰寫。除英語之外，艾氏對法語，德語，拉丁語，西班牙語，義大利語的精通，不能不說是他對十九世紀以前歐洲文學深厚造詣的一個原因。年輕時，他受業於法國比較文學鼻祖性人物查爾・達達揚門下，回到美國三十歲就升任正教授。任《比較文學研究》雜誌主編，並先後擔當全美比較文學學會副會長、會長，卸任後榮膺國際比較文學學會的顧問。

艾氏在七十高齡發表的這部「每位殖民主義問題研究者書架的必備書」（梅森・A・勞恩斯語）共分三個部分，合計十章。光是讀讀書前的目錄也足以使矜持的理論「雅皮士」們倒抽冷氣的：「愛德華・泰勒與美國巴洛克風格」，「波莉・貝克的諸種傳說：自然神論與人權」，「湯馬斯・潘恩與拉美的獨立」，「美洲大陸的啟蒙運動」……若是時下文學界哪位仁君喟嘆「尋根派」文學已經覓到比沈從文再不能更「沈」的境地，那麼這些題目大概也要「沉」到印第安人後期文明的廢墟層了。所以不難想像，在這麼一群穿著漂亮入時的「雅皮士（Yuppies）」身邊，竟有一位老先生意外冠以一頂十八世紀的法國假髮套，著實有一種別出心裁的詼諧感。

然而問題還不止於這本書在探討早期美國文學發展史的視野範圍上，艾氏幾被冷落，門庭羅雀。艾德禮自然是久經沙場，五十年代揭開歐美大陸比較文學法國學派與美國學派的戰幕時，他充當美國學派的主播手之一（其餘二位是韋勒克與雷馬克），他是經過了千百次激辯的過來人。而今日他帶給人們的疑惑，除了這本多少容易招來爭議的著作外，還牽扯了其他一些方面。艾氏的比較文學理論成為超然展放的一面旗林異幟，別緻又帶著些黑箱魅力。自然，我們要搞清楚這其中的祕密，還要藉助一些打光的燈具，不妨就從早期美國文學研究的現狀作為探討之始點罷。

早期美國文學研究風氣的重振是近些年來的事。在這以前，正統的美國文學史家總是疲於奔命地為華盛頓．歐文，惠特曼，馬克．吐溫，亨利．詹姆斯等大師雕像造龕，可是臨到蓋戳子時，卻恭恭敬敬地在這些大師的臉上印上英國國籍。這當然是二次世界大戰以前的事情，然而認為在華盛頓．歐文以前，北美殖民地所有英文寫成的作品皆屬盎格魯—撒克遜文化產物的理論至今仍然左右著早期美國文學的研究。這種理論的主要依據是認為英國是殖民地美國的盟主國，雖說殖民地文學成為盟主國文學樹幹的一莖旁枝，卻依然是母國文學的一個固有部分。另一理由是從語言學的角度考慮，美國與英國同屬一個整體，它們是名正言順的「英語文學區」（English literary zone）的孿生兄弟。

英國文學與美國文學之間到底是一種什麼樣的連結關係，是否一六二〇年滿載著清教徒的五月花號船駛抵新大陸後，在睽隔的大洋之間仍有一根不可割斷的臍帶？艾氏的結論是否定的。他無意去作操手術刀的外科醫生，卻穩穩當當地要當早期美國文學的接生婆，從而打算對華盛頓．歐文以前的殖民地文學進行全新的體認。

艾氏認為早期美國文學的產生並不獨為英國文學的分支，它同時為大陸歐洲的文學派生。這樣的看法起碼基於以下幾條理由：

一、雖說英國是美國的盟主國，可是地理上的巨大差異造成了心理上的逐漸睽違。北美大陸奇偉壯麗的風光激發著人們的高遠想像，也構建起這片土地上民族文學的嶄新視境。在新大陸，清教詩人筆下的北美貓聲鳥野性十足，居然把英倫島鳴囀的夜鶯啄得斂羽而逃（The catbird pecked away the nightingale.，斯蒂芬．V．貝尼特語）。

二、新英格蘭的政治氣候已大大不同於不列顛島的心理等溫線。民族認同心理與政治獨立的渴望是文化河源的巨大落差，它們制約著每個人的心理潛流，使之迴旋、改道、衝激，形成新的深淺不同的溝溝壑壑。總之，新英格蘭人在盡力把「美國的」胡椒大料撒到從盎格魯故土取來的湯碗裡。

三、語言的相同並不妨礙文學史家探討早期美國文學與歐洲大陸文學的姻親關係。艾氏在這部分的論辯中更是縱橫捭闔，鋒芒畢露，透露出他對這個問題的厚積薄發的學術功力。

他認為許多美國文學作品與歐洲大陸文學之間存在著不同類型的相似性。雖然「血緣，語言與生來被賦予的權力，在任何一種民族文學的發展史上占有著重要地位，然而這些因素又無疑得到其他民族文學主要作家的歷史性貢獻的補充。」（《早期美國文學》第六頁）無論他們在時間空間方面相距多麼遙遠，喬叟、莎士比亞或者但丁、伊拉斯莫斯、拉伯雷、塞萬提斯，這些作家都會在北美殖民地時期的文學作品裡找到回音，他們也同樣構成這塊大陸早期與後來的文學傳統。艾氏進而從一六三五年至一八一〇年期間曾分別影響到北美大陸的五種文學運動入手進行了具體剖析。如起源於義大利和西班牙的巴洛克思潮如何在清教詩人愛德華．泰勒的詩中輸入了影響；富蘭克林在寫《波莉．貝克名言》時怎樣受到了歐洲啟蒙時期這個故事原型的啟發；十八世紀美國文學主要不是得益於蒲伯與約翰生的修辭藝術的影響；新古典主義與啟蒙思想也並不獨來自英國，而是在它們包含了許多歐洲文化因素之後才滲透到新大陸，合眾國建立之後，新古典主義便在新世界發展到高峰。正可借用潘恩《常識》中的那句名言：「歐洲，而不是英國是我們的母國。」

我們從艾德禮那鼓手般奮力搖撼的身影中，採得快照一幅，卻冷不防旁邊鑽出一位眼尖的記者，道出底片上的某些祕密。評論者說，艾德禮的比較文學研究實證色彩濃厚，是過時的法國影響研究風格。這又奇了，艾德禮又來了那位穿西服卻戴著十八世紀法國假髮的詼諧工夫！其實，影響研究也罷，平行研究也罷，艾德禮並未在這些概念表面上作糾纏。兩年前他應邀在一次大陸比較文學研討會上作講演，主持人稱他是美國比較文學影響研究巨擘，他頷首不語。可是，後來在紐約他卻對採訪記者吐露真言，他不認為存在什麼平行研究學派，影響研究學派，認為一個真正的比較文學家應該同時使用兩種不同的研究方法（《艾德禮訪問錄》，見紐約《知識分子》一九八七年春季號）。凌越於概念的雷區之上，倒顯示了艾氏理論的超脫與視界的高遠。

眼尖的觀眾未必能看得全面，艾德禮的理論之可喻為摺扇，竟還未展開到齊天大聖從雲端看到的精采的一景。

雖然不容置辯的事實是早期美國文學不獨是英國文學的派生，它同時也是英國與歐洲文學的共同派生。這種結論也許在學術上價值頗大，可這又不僅使人想到殖民地對母國知識的依賴，同時它更透示著一種殖民地的「文化落後」（cultural lag）。如早期美國文學與英國文學，南美大陸文學與西班牙、葡萄牙文學，瑞士文學與法國、德國文學，芬蘭文學與瑞典文學。進而小國與大國文學，新興國家（emerging countries）與發展國文學。在「廣泛傳播的文學」（literature of extensive diffusion）與「有限傳播的文學」（literature of limited diffusion）（艾氏在此將他的「主要文學」與「次要文學」一概唸作了最新修正與發展）之間，世界的注意力無疑會被歐洲、美國、中國的經典作家所獨有，這中間存在著一場嚴重的民族意識的衝突。

那麼如何才能公正地評判文學作品的價值，同時避開「文化落後」的不祥之影？艾德禮為我們展示了如此一條消解衝突的途徑。他認為評斷作品的價值高低，僅從單一的、民族文學的視角出發難以得出結論。而評論者的責任就是要站到一個更高的層次，運用總體的，即艾氏言稱的『環球文學』」（universal literature）的視野來體認和觀照一切作品。「廣義上講，環球文學代表著世界上所有文本或作品的總和。這一觀念的設想使得任何地理區域和所有編年時期的全部作品都具有著相同的歷史效力（historical validity）。」（第十七頁）換句話說，這種研究視野是將「有限傳播的文學」、文學作品與「廣泛傳播的文學」、文學作品、文學運動聯繫到一起，甚至與世界名著同放在一個水平面上。他們彼此平等，沒有哪國文學享有優先權，在同一塊「國際文學拼花版」（international literary mosaic）上交相映媚，彼此展艷。

這番宏論可謂驚世駭俗，雖然艾氏為自己的理論找到了兩條依據，即體質人類學方面的人類生理特徵具有相似性與歐洲十八世紀「天性同一」的哲學思想，我並不能完全同意。因為即便處在相近緯度上的英倫三島與日本列島的當代人可以收看到同一電視新聞，然而他們仍有著如此悖違的心理屏障，這是有著現代心理學與腦生理解剖學的實驗根據的。可是，艾德禮的理論畢竟是歌德「世界文學」這一概念的最新延伸與修正。而後者實際上仍未超越歐洲中心主義（Eurocentrism）的藩籬。

雖然環球文學提倡在作品之間建立一種平等關係，然而這並非意味每部作品與其他作品在美學價值上相同。富蘭克林與艾迪生在散文風格上極為相似，可依照美學的標準，前者卻遠遜色於後者。佩脫拉克的十四行詩亦遠不如莎士比亞商籟詩的圓熟與甜美。然而從對人類的知識與文明的進化所作貢獻這個角度看，他們都是平等的。「所有的作家可以因他們的思想觀點，歷史意義，反映個性與社會環境的能力，或者甚至是考古意義上的魅力（antiquarian charm）而獲得價值。」（第十八頁）就像螞蟻與大象作為生物學家的研究對象不會失去相等的意義，而文學批評家也會謹慎地避開局部意義的糾纏，從總體高度上進行對作品的體認與觀照。他們將整個廣袤之文學天地當作工作場，批評家的視野也因而更加自由與開闊。

環球文學，這就是艾德禮比較文學的關鍵論點，雖然類似的佳境麗景貼過一些前賢的綉圖扇面，如德國的史雷格（Friedrich Shlegel），法國的艾金伯勒（René Etiemble），然而最精采的一景卻是隱藏在艾氏袖間的扇中了。

戰爭謠言與武器圖騰

暢銷書作家湯姆．克蘭西在白宮與里根夫婦進餐的那一天起，科技驚悚小說（techno thriller）等於御批欽定，一紙抵金了。這是機場或車站的書店裡常見的消遣讀物，平裝厚本但裝幀醒目，往往作者的名字，尤其是名家，燙金壓印的風格很搶眼球。所以科技驚悚小說也稱機場小說（airport novel）。機場小說題材多樣，言情、偵探、犯罪、戰爭、探險，不一而足。內容情節往往天花亂墜，文字敘述如隔日茶水，人物塑造形同稻草之人。讀者都是吃快餐的，往返一次旅行就差不多讀了八九成，結局早已呼之欲出。科技驚悚小說假高科技之名，杜撰尖端武器，捏造無敵英雄，虛擬未來戰爭，讓血腥濺滿書頁，看得讀者捏把冷汗。近二十年來它一直是西方暢銷書榜的長紅讀物。作者群往往是軍界現退役軍官或政治上保守的右翼作家。一九七八年出版的《第三次世界大戰：一九八五年八月》首啟科技驚悚小說的先河，作者赫克特將軍歇槍執筆，紙面演繹北約決戰前蘇聯，彤雲核彈，竟讓蘇維埃一夕灰飛煙滅。近年出了大名的克蘭西，善寫空戰的戴爾．布朗，律師作家埃里克．哈利，都是擁有大批讀者的科技驚悚小說寫手。其中很多作品拍成電影，成為好萊塢的票房長青樹。

科技驚悚小說的歷史並非長久，其淵源雖可見十九世紀未來科幻小說的綽影，可是體裁的肇始卻扎進越戰的風煙。並非是無心插柳的小說形式，其衍生及發展具有相當的自覺成分。在探討科技驚悚小說與越戰的內在關係方面，威廉．吉布森的研究具有開創意義。與一般越戰文學作品不同，科技驚悚小說並無傷感憑弔的意味，也不糾纏歷史是非，怨天尤人。而是虛設未來的戰爭，描畫美國或北約贏得絕對的勝利，失敗的一定是曾經贏過他們的敵人。「這個體裁做到了『復原』或療傷的功能。它試圖將其軍事優勢與力量恢復至（越戰前）的地位，」吉布森如是說。就美國而言，自立足新大陸，對印第安人的殖民戰爭，經過獨立戰爭，一、二次世界大戰，建國兩百年來無不是在腥風血雨，征服與勝利的光環中發展繁榮。而流血、暴力皆是征服的保證，武器與力量更是制敵的手段和工具。美國治國「3G」中「槍」（guns）與「勇氣」（guts）就占了2G。這個認知不光是國家的集體無意識敘述，也是個人心中的無敵神話。所以越戰的失敗對美國來說是雙重的打擊，不僅五角大廈的軍事記錄蒙羞，而美國人的心理優越也留下疤痕。同時美國的霸權地位在國際上也受到削弱。而科技驚悚小說正是以虛構的形式，近乎傳奇的敘述手法，創造一連串戰地肥皂劇，以暴力為基調，武器為亮點，凱旋為高潮。不啻是為軍事失利與心理創傷所提供的精神補償。在這類小說作品裡，主角通常是蘭博式英雄，準軍人身分（往往是越戰退役兵），心靈肉體都隱留著越戰創傷。他們的敵人是共產國家如前蘇聯，或非白人第三世界國家。而假想敵人可以隨時間推移靈活轉換，目前的假想敵鎖定了朝鮮、伊朗和中國。

《死地》（Fatal Terrain）為一九九七年出版的暢銷小說，作者戴爾．布朗（Dale Brown）被詡為「當代最出色軍事冒險作家」，曾創作二十餘部系列小說，作品常登《紐約時報》暢銷書之榜。他的作品中有四部涉及中美之間的軍事衝突，《天空主人》、《夢幻之地》、《攻擊區》及《死地》。

台灣出版的中文版譯名《必爭之地》，實為誤譯。因為作者取此書名，靈感來自於《孫子兵法》「疾戰則存，不疾戰則亡者，為死地」。所以準確的譯名應該是《死地》。該版在台灣發行，原因很簡單，因為這部小說虛擬了一次中國大陸對台灣的武力解放戰爭，光這個題材就很有噱頭。

小說的開場白取自柴契爾夫人一九九六年訪問台灣的一段演說，似乎在為科技驚悚小說作政治註腳。「謝天謝地，美國仍然具有毅力和決心留下來，因為她的存在對於亞洲安全均勢來說是至關重要的因素。」鐵娘子為盟友的背書也同時支配著小說的敘述話語。台灣宣布「獨立」，中國大陸宣告武力解放台灣，而美國則堅定地站在「台獨」一邊並派遣志願空軍前去台海。台北輿論一片鼓噪，說「飛虎隊」又回來了！顯然作者在影射二戰期間美國（志願）空軍的戰績。主角包括空軍中將艾略特，中校麥克拉那漢（他是貫穿布朗系列小說的主要人物），兩位均屬退役軍人。中將早已賦閒，以海釣消遣。可是身上穿的仍是舊飛行夾克，頭上還頂只越戰迷彩遮沿帽，茫然的眼神是舊夢感傷。可是當天空中EB 52轟炸機由海面刺耳掠過，手機裡傳來他的老部下駕駛艙中興奮的喊叫，他猛然醒悟過來。原來他們曾經駕駛的無敵「巨堡」轟炸機重新飛上藍天，不但飛上藍天，它還裝滿了炸彈！他也大喊一聲：「它又飛起來了！」

武器魔力向來是戰爭文學取之不盡的靈感，中西文學皆然。《封神榜》、《亞瑟王與圓桌武士》，金庸、托爾金，哪個不都有些呼風喚雨的神器？那些高來高去的英雄誰不身懷法寶？不過古代人物的利器多出於文學家的想像，不同於科技驚悚小說。後者的武器具有相當的真實性，在原型的基礎上加以改良，加上文字誇張渲染，讀來頗有震懾力。綽號「巨堡」的EB 52超級反雷達轟炸機被形容是一隻「鋼纖維皮膚的妖魔」，攜帶最先進的導彈神奇功能猶如「卡通」、「科幻片裡的東西」。由於它無所不能的攻擊，「在那幾分鐘裡，損失觸目驚心：伊留中雷達飛機，十一架H6轟炸機，四架蘇愷27，十八架J8戰鬥機，四十一架Q5戰鬥轟炸機全部被擊落，而美國軍機則絲毫無損」。作者運筆如賬房統計。在如此超強的火力下，中國所有核武力量，導彈發射場與基礎設施基本上被摧毀，因此不得不放棄攻台計畫。還記得蘭博問他的老上司的那句話嗎：「這一次我們會贏嗎？」這部小說就給了他確定的答案。對武器膜拜如神如圖騰，在布朗的其他小說中亦屢見不鮮，在克蘭西、哈利及一般高驚作品中更是恆常的賣點。

上世紀八十年代的軍事動作錄影片也達到了最高的出租率。關鍵的問題在於，對武器神話的渲染除了讓作品中的英雄和讀者觀眾出了一口惡氣之外，畢竟還有其他的意涵。雖然高驚作品不會直接導致軍工產量的增加和軍備競賽，可是它能夠引起軍政權力階層的興趣，等於在對他們耳語。

科技驚悚文學的耳語變成一種預警謠言和對未來戰爭的鼓噪，如同卡桑德拉警告世人特洛伊木馬裡隱藏的祕密。戰爭謠言充斥當代的科技驚悚小說話語，其緣起卻遙指新約典故。在馬太福音裡耶穌向門徒們預言，人類會聽到戰爭與戰爭的謠言，會有暴力也會有審判，而這一切都必須來臨才會過渡到未來的和平。戰爭謠言是對未來的想像敘述，既非事實也非謊言，而是假設當代世界格局的改變，沙盤推演戰事進程並模擬於已有利的理想結局。而時下的中國焦點和侵略預言也由科技驚悚小說炒熱。粗略一覽，市面出版的中國對外戰爭的文學作品竟有幾十部之多，其中絕大部分描述的是中美戰爭。小說名字也一目了然，《中國海》、《中國攻擊》、《龍火》、《熊與龍》，爭奪南沙群島主權的《天空主人》與《SSN》，影射中美撞機事件的《攻擊區》，預測第三次世界大戰的《亞洲前沿》、《太平洋夢魘》和中國擴張主義的《黑翼》與《紅風》。這些虛擬的戰火燒紅了太平洋海面，也灼熱了讀者的想像空間，因而形成了一道「中國威脅」的輿論同語線。夜讀埃里克．哈利的《侵略》（Invasion）一書，紫底封面上五角紅星幽光閃爍，照臨全球，頗具視覺的恐怖影射。一群高中生年紀的美國兵，拖著沉重的武器匍匐在美國阿拉巴馬州的海岸上，忐忑不安地盯著海面。海面上戰艦遮天蔽日，自加勒比海破浪而來。而艦旗則是飄揚的五星紅旗。小說開門見山便揭開一場戰爭的序幕，比起其他小說來，更具轟動效應。歷來未見美國本土遭遇攻擊，更何況攻擊者是一向「主張和平共處」的中國。從敘述的字裡行間推斷，這場戰爭大概發生在二〇一〇年代，而中國此時已穿過大西洋，橫掃加勒比海，海空兩路大兵壓境。中國要求美國割讓夏威夷作為停火條件，實有雪恥鴉片戰爭之辱意味。

再看小說對中方幾位主要人物的描寫，更是不乏黃禍的影射與種族偏見。貪婪好色的占領區行政長官韓浙民，他的混血私生子公子哥韓武石，濫用核子武器的血腥沈將軍，利用色相的雙面諜女祕書。美國總統貝克在未當選之前，是國會出了名的「藍軍」議員，並有「特洛伊城的卡桑德拉」的綽號。因為他曾一直警告中國的威脅，可聽者寥寥。此時已喪失了大半個領土的貝克，站在剛剛下水的武庫艦上，呼籲人民作最後的抵抗。然而他腳下的武庫艦不就是解決難題的最佳方案？於是他決定盡快建造不只一艘，而是數艘耗資千億美元的超級武庫艦。這些霸王艦目前雖然泊於小說家的想像港內，可是它的魔力卻吸引著軍政的權力階層。由軍界贊助的「前瞻智庫」，常常請來科技驚悚小說家為座上賓。在對美國航天局工程師的訪談中，學者甘南發現他們深為科技驚悚小說著迷並在技術方面獲得啟發。

作為機場讀物的科技驚悚文學作品不僅為當代讀者帶來了一紙飛彈和謠言，它也確定並完善了自身的敘事風格與美學規範。史詩的崇高，戲劇的衝突，小說的語言藝術，這些傳統詩學概念不復存在，人性與文學性的終極坐標在後現代的話語中迷失。如班雅明所言，傳統敘述方式在資訊時代的壓力下正在變成一種垂死的藝術，取而代之的是一種基於消費主義準則的新型審美意識。人物轉化為機器人功能，故事成為硬體碰撞過程與噪音的記錄，家園變成座艙或電子控制室，自然是螢幕影像，國界是互聯網，連敵人也看不清面目，僅僅是視鏡裡的陰影。在湯姆．克蘭西的SSN中，深海孤艇，幽光狹艙的世界正是這種消費審美的敘事舞台，比布朗的萬里戰空或哈利的陸地戰場更添了幾分陰暗與沉悶。這部小說並非原創，而是根據作者與互動電子遊戲出版商出品的軟體改編而成。一艘美國石油勘探船在南沙群島附近發現了新油田並著手開採，中方予以干涉並扣留了該勘探船，一場中美的海戰因而揭開。美方的最先進核子潛艇SSN對決中國海軍的強大艦隊。炮聲，爆炸聲，火光和硝煙的描寫占去該書絕大部分篇幅。沉沙的艦船，墜海的戰機，血汙的海水更是濺滿了紙面。這些都是典型的克蘭西海戰場景，血淋淋地籠罩著海洋。敘述過程中鮮有人物的刻畫，取而代之的是不停迴蕩的單調指令，「添彈，發射，擊中，再添彈……」除美方艦長外，中國艦長無名無姓，其他官兵則完全是一群面孔模糊的走影。他們只是機械地重複著預定動作，像幽靈船上的鬼魂，口唸咒語，殺氣騰騰。也許根本沒有必要去刻畫他們的內心世界。都是電子好人或壞蛋，手指一按，螢幕上敵人應聲倒下一片。

作者筆下的中國海軍永遠處於被動的地位，不是作戰人員缺乏經驗就是魚雷發射零命中率，或者行動遲緩而再三「誤了時機」，成為美國核潛艇的海上「活靶子」。故事結局SSN共擊沉六十艘以上包括蘇製超級核潛艇在內的中國船艦，它本身卻毫髮未傷，成為名副其實的巨無霸。亞馬遜的讀者抱怨作者對戰事場景過度重複敘述而懊悔購買了這本書，只能說明讀者的期待過高，誤讀太深。因為這畢竟是遊戲軟體時代的一種新潮文體，而非傳統的小說形式。搜尋該書辭庫，高頻率出現的字眼「核子潛艇」、「聲納」、「炮筒」及「魚雷」等恐怕很吸e世代讀者的眼球，兒童讀者們在亞馬遜書評價中給該書評了最高的五星。

作為國民潛意識在文學表達上的集體膨脹，科技驚悚小說不僅達到為越戰療傷的功用，也同時肩負著對輝煌美國世紀的象徵性圓夢的使命。作品的字裡行間既流露出約翰・韋恩式的西部傳奇的精神，也未曾掩飾牛仔年代的傲慢與蠻橫。「上帝，槍與勇氣使得美國自由」已成婦孺皆知的建國箴言，與十九世紀西部開拓時期的「美國天命觀」（Manifest Destiny）遙相呼應。拓荒者堅信是遵循上帝的旨意征服印第安人和開墾不毛之地，使用武器、暴力與秉持勤勞、誠實同樣被視為美德與天經地義的權力。到了二十一世紀的今日，美國的疆界已不再侷限於從「海洋到閃耀的海洋」之北美本土，而是憑藉軍事的強權與高科技的優勢，將陸疆域擴向海洋疆域、太空疆域，在全世界範圍推行以美國價值為中心的揚基式民主與文明。只是天有不測風雲，美國經濟眼下墮入愁雲慘霧，而中東戰事更是拖疲了軍事預算，超級強權的衰落已顯端倪。如此看來，科技驚悚小說則會續獲出版市場的追捧。因為美國在阿富汗增兵雖然難以為繼，可是小說家的書桌上仍然排滿了待命的錫將錫兵，源源不斷地派去各地。

一句「No」背後的鴻溝有多深

在一次新書發佈會上，我與他見了面。簡短的寒暄後我們的話題便轉入到他的問世新書。然而交談中聽說我是「文革」成長的一代時，他臉上淡然的表情忽放出關切的亮光，矜持和儒雅的微笑頓時消失。他的身體湊近了我，似要掏出紙筆或錄音機，等待我將一肚子的苦水倒出來。他是苦難中國的心理醫師，打鬼鍾馗加佛洛伊德。他走遍了大半個中國，淘寶似地叩開每個中國人的記憶閘門，無數次記錄下「文革」的夢魘碎囈。他共寫過四部中國遊記，歐美粉絲如雲，可是在中國，甚至在漢語世界卻盛名寂寞。他便是科林・施伯龍（Colin Thubron），一串光環名銜包括英國皇家文學會會長，旅行作家兼小說家，不久前還獲女王授勳。

施伯龍曾因解密前蘇聯鐵幕黑暗的《長夜漫漫》（又稱《在俄國人中間》）一書而聲名大噪。他的系列共產國家的遊記遂成為出版亮點，其中國遊記《大牆之後》（Behind the Wall），《天國外的絲路》（The Silk Road——Beyond the Celestial Kingdom），《絲路陰影》（Shadow of the Silk Road）和《西藏聖山行》（To a Mountain in Tibet），前後跨度二十年餘，可是冷戰思維不變。《劍橋旅行文學指南》指他為動盪與冷戰年代旅行作家的翹楚。以賽亞・伯林賞識他，稱其作品信實真確，頗有些惺惺相惜。可他絕不泛泛而論，視野遼闊而深厚，具有老輩英國學究的淵博與書卷氣息。而修辭遣句更是到了語不驚人死不休的程度，在旅行作家中少見。也許是因為出身世家，其先祖為桂冠詩人德萊頓，詩書幼學頗得家母啟蒙，這是另話。冷戰年代的中國旅行作品，在歐美的出版物中形成一塊寒氣逼人的輿論極地。眾口冰塑共產中國的黑暗與邪惡，連蘇聯「北極熊」一起掛上。一方面，像他們的先輩旅行作家羅伯特・拜倫（不是詩人拜倫），彼得・佛萊明，經不住遙遠的東方的誘惑，朝拜似的紛紛東行。另一方面，置身燦爛的廢墟裡，他們又忍不住頤指氣使要罵人，昔日輝煌之世界文化遺產就要葬送在這群無能的共產子孫手裡。於是他們的古文明之旅便交織在感傷失落與保駕救火的雙重心結之中。

冷戰是這一代人的胎痣，「紅龍」、「黃禍」是他們與生俱來的恐懼。施伯龍的童年回憶是孩子們互擰著對方胳膊，不住地大喊這是最新一招中國式折磨，滿腦子苦難中國的圖景。他毫不隱諱今日之行就是想要驗證昨日的印象和假設，把一幅幅離亂黯淡的浮世繪還原到每條街巷和每張臉孔上（《自傳》）。出版於八十年代的《大牆之後》是他對文革結束後的中國的全景記錄。雖然文革已經落幕了，可是恐怖十年的「憶苦思甜」則於他筆下敲鑼登場。他所到之處，逢人必問起文革，彷彿妖魔附體，非千百遍唸咒不足以驅鬼離身。文革浩劫固然在中國人的心靈上造成巨大創痛，可是在施伯龍卻似乎別有一番怨恨在心頭，連盧新華式的「傷痕文學」也不抵他的噩夢迴放的悲情宣洩。那些憤怒的牢騷和淒情的陳述讀來如囈如譫。而單調的衣著，黑壓壓的單車，工廠上空的濃煙，滿目的髒亂和貧窮，令人發瘋的氛圍與筆觸（窒息的病院背景是他心理小說的一大特點，他同樣將上海精神病院和監獄的採訪蒐羅在該遊記中）猶似一支神傷的輓歌。「憶苦」雖重溫十年動亂之苦，「思甜」則是巧克力蛋糕加草莓的西點之甜。像旅行作家喬納森．瑞本說的，「外國是外國，家還是家。」施伯龍代表他們四海浪遊，歸來盡報桃李春風故園美。而那些窮途末路的破落古國，正等待著他們的施捨和援救。

如果《大牆之後》勾勒了一幅文革廢墟裡勉強爬起的中國落魄之影，那麼十八年過後，作者舊地重遊而寫《絲路陰影》，經濟發展和繁榮後的中國卻散發出一股惡漢發跡的戾氣。三十年改革開放，中國社會的發展與巨變在他筆下只是匆匆帶過，像是整本書的陪襯。他只想去尋訪河西走廊和絲綢古道的苦村落。用他自己的話說，他要尋找那些「被經濟奇蹟遺棄的窮鄉民和所有邊緣人」（《絲路陰影》後記），或是阿耶爾所稱的「歷史棄子」（《西藏聖山行》書評，文見《紐約書評》）。

這就好比去倫敦偏取東區，訪洛杉磯單擇康普頓。且不說作者在那裡碰到失業的青年，饑餓的莊戶，甚至還偶遇手淫的鄉民。地裡沒有莊稼，飛蕩的枯塚紙錢好像是四季收成，暗黃的雜誌撕頁為屋牆的唯一裝飾。他還有更大的收穫，他在河西走廊的深處找到了傳說中的古羅馬東征軍的後裔！這種發現的重大意義不亞於在神農架抓到了傳說中的野人。原來這群貧困中掙扎的苦民就是凱撒大帝流浪千載，遺失他鄉的舊部。鐵軍當年東征半途而廢，卻陰差陽錯地從此淪為黃髮碧眼的中國人。他們簡直如同失散的表兄弟異地重逢，彼此興奮地不斷尋找著共同的基因特徵。然而當這些窮苦的遠親瞅著手裡他留下的幾塊英鎊而不甘，祈求他能否將他們帶回「故土」英國時（他們甚至連英國在哪裡都不清楚），他卻冷漠地下炕拍灰說拜拜。

施伯龍的此類淘古八卦不但搔熱了帝國的舊夢，同時還藉著宗教逼迫和族群紛爭之噪音，將絲路渲染成種族清洗的火線戰場。事實上，這本並不很厚的《絲路陰影》，一半寫中國，另一半則隨古絲路一直敘述至中亞和地中海岸的安塔基亞（作者以成為有史以來記錄絲路全程之旅第一人而甚為自負）。可是百十多頁的中國篇幅竟讓他在種族衝突上面花費極多的筆墨，不能不發人深思。達賴喇嘛與東土獨立近年來在西方媒體幾乎成為人權和宗教自由的代名詞，也是西方出版界的一大熱點。該書的出版可說不謀而合，不愁沒有亮麗的銷售業績。暢銷旅行作家史蒂夫認為旅行是一種政治行為（《作為政治行為的旅行》），它何嘗又不是一種商業的行為？

在作了一番凱撒東征軍後裔的追根溯源之後，作者便很快地將窮山溝的「遠親」忘得一乾二淨。如福塞爾譏諷的那樣，旅行作家總是比當地人既富有，又自由。（《戰時英國海外文學旅行》）此刻他尋遊到了黃教聖寺拉卜楞，在這裡與一位打算逃亡的喇嘛不期而遇。得知其兄早已追隨達賴喇嘛去了印度達蘭薩拉，如他鄉遇知音，作者頓生同是天涯淪落人之感。他不但試圖替他與兄長撥通衛星電話，還送他一件從英國帶來的紀念品。「任何西方的東西似乎都能夠安慰他」，作者感慨地寫道。接著背景移換，作者又風塵僕僕地現身新疆，坐進了喀什市的小餐廳。他並非老饕品嚐伊斯蘭風味，而是來蒐羅維漢之間的紛爭故事，期待中共鎮壓與種族清洗的報料。一位維族青年向他訴苦，剛獲獨立的烏茲別克的女友家拒絕將女兒嫁給他，就因為他仍是中國公民。這自然引起他的同情與關心。另一位亮著哈薩克護照的維民又與他一見如故。他的全家早已移民哈薩克，滯留片刻只是想找人發發牢騷怨氣。維民告訴他準備再一次揭竿起義，不過必須有個前提。說到這裡，他突然壓低了聲音，「也許美國會幫助我們，……還有英國。」這不啻是作者夢寐以求的最佳素材和情節。他突然感到他與他們「彼此的認同不是游移的，局部的，而是整體並可把握的。」在作者的筆下，新疆正在淪為下一個科索沃、伊拉克。他浮思遐想，進而想像出十九世紀的那一場英俄「大博弈」（Great Game）的詭譎結局。假設俄國在那場角逐中贏了英國，那麼新疆自然會落入蘇維埃的口袋。「隨著蘇聯解體，它也就如其他石油礦藏豐富的內陸加盟國一樣獨立，成為維吾爾斯坦共和國。」果真如此，這些生活在水深火熱中的吐火羅苗裔，「樓蘭美人」子孫不就從此擺脫了中國的挾持與欺凌嗎？行文到此，我們不妨說，斯坦因當年從絲路盜走的僅僅還是中國的古寶和文物，而施伯龍卻用文字的法術輕而易舉地偷移了中國的國界線。

西方旅行作家對中國的態度並非向來如此。遠的不說，前推到民國就有很大不同。友善與同情為主旋律，而這種善意在二戰時期更升至沸點。在論者看來，「西方對中國的觀念隨中國的變化而改變，同時也根據西方的需要，偏重與自我意識而重塑」（柯爾《一個世紀的中國旅行》前言）。面對法西斯陣線而建立的盟友關係促成中國與歐美關係的實質改變，因而產生了斯諾、奧登、派克與賽珍珠等一批親華作家，雖然他們並不都寫遊記。然而，紅色政權建立，冷戰伊始，昔日戰友今為仇敵。鐵幕文學，黃禍遊記取代了飛虎隊文學和抗戰見聞紀實，《苦海餘生》、《中國陰影》、《滿洲里候選人》紛紛出籠，一時間赤色恐怖，龍吟熊咆，核雲彈雨。雖然柏林圍牆坍倒，中國改革開放，然而頭腦深層還有冷戰陰影，心理上的柏林圍牆依然牢固。《騎著鐵公雞》（Riding the Iron Rooster）作者保羅．梭洛（Paul Theroux）是美國超級暢銷旅行作家，與施伯龍可算旅行文學界的龍兄虎弟，意識形態相當。不同於施伯龍咬文嚼字的冷嘲，梭洛麻辣譏諷，口無遮攔。他的「文革癖」於施伯龍有過之而無不及，對中國的改革開放亦大加撻伐。他觀察到人們的通訊手段進步改善，便調侃說「連妓女也配帶了呼叫器」。老牌旅行作家簡．莫里斯（Jan Morris）則算是冷戰旅行作家中的「憤老」，憑《香港》（Hong Kong）及其他旅行作品靠上經典，名高望眾。她的中國之行是牢騷怨氣混合體，她最不能理解中國料理，覺得那是中國人的特種歇斯底里症候群，必須得靠食療才能醫治。她討厭所有的新建築，卻流連上海外灘的歐樓古廈不肯離去，「帝國美學的淒艷」令她傷感！

施伯龍說他最不理解一個中國人說的一句話，「『文革』結束了，我已忘記它了，我現在生活很好。」在他看來，這種健忘顯然是對歷史的背叛。我便問他，為什麼還要死死糾纏過去，這些年來民生的改善，社會的進步有目共睹，包括意識形態亦日趨多元與開放不也是事實？他冷漠地搖了搖頭，又無奈地一聳肩膀，淡淡地吐出一句「No」，我感受到鴻溝有多麼深。然而在《絲路陰影》裡他不是也開始詰問自己，是否應該像中國人那樣寬恕過錯，而向前看呢？

有亞馬遜讀者認為短暫滯留恐怕是造成旅行作家「文化休克」和認知褊狹的原因。對於職業旅行作家來說，出版社的合同便是要他們在盡短的時間內寫出花花世界地球村。不過要想深諳對象國文化而寫出有真正份量的好作品，長期生活與體驗是必備的前提。這也是近年來一批英美中國旅行作品帶來的清新之氣。這群新作者既無鐵幕時代的包袱，也非為出版社合同作家。他們剛出大學校門或初入職場，只為熱炒的中國故事所吸引，捐囊來神州闖蕩。與前輩作家的最大不同在於他們是定居者而非過客。從學校的英文老師，到外資的公關和駐中國記者，甚至中國企業的打工仔都有他們的身影。一年半載的生活經歷讓他們與中國接了地氣兒，竟然由最初袖手旁觀看不慣的局外人，變成酸甜苦辣冷暖心的當事者。而筆下的人事物景也不由地發生了轉變。何偉（Peter Hessler）的一部小城閱微風格的《江城》（River Town），將涪陵的生活點滴與記憶盡呈筆端。從批改學生英文作業的細節，到農家莊院話桑麻的經歷，無不娓娓道來，平和客觀頗富人情味。他嘗試從中國人的角度看問題，不炫耀時髦理論，不充當判官和警察。即便對中國社會時有批評也絕非居高臨下，而是提出問題，讓讀者自己來判斷。南方朔譽其為「多元的，包容理解的慧眼之作」。

類似這樣融入中國社會的成功作品還包括了《鐵與絲》（後來拍成了電影）、《洋妞在北京》和《美國少林小子》等一批扎實之作，都由不同的視角展現一個有血有肉，真切實在的中國。深入社會是了解中國的重要前提，尤其語言溝通無礙使得作家更容易與普通人打成一片。這一點，新生代作者比前輩作家顯出更大的優勢。他們的漢語相對流利，其中《鐵與絲》的作者索茲曼還是耶魯東亞系漢語本科畢業生。相較之下，上一代旅行作家通常僅會幾句簡單的漢語寒暄，採訪往往要靠翻譯帶路。唯有施伯龍花過一年時間專修漢語口語課（此前他還曾為訪俄修過俄語），令同行們側目。然而很遺憾，我嘗試幾次在交談中以漢語溝通，卻最終不得不放棄。我毫不懷疑他在中國文化研析上所花的功夫和充分的理論素養，他的生花妙筆更讓我心折，可是我確實感到有些不安，擔心他與無數受訪者的談話究竟有多少被準確記錄下來？還有他如何應付那些五花八門的土語方言（相信我的漢語發音還算標準）？在《絲路陰影》後記中他也坦承，有相當一部分的採訪筆記不得不被他捨棄，因為他無法聽懂對方的漢語。梭洛講過的一句話耐人尋味，「旅行故事的精華便是犯錯。」何嘗不可以解讀為許多旅行作家（包括梭洛本人）的中國遊記漏洞百出，也許一開始就賭定是一趟錯誤之行？

施伯龍的文字典雅考究，在當代英美旅行作家中無出其右。巴洛克的麗辭綺語在大漠風沙和普羅破巷之間閃爍跳蕩，讀來別有一種滋味在心頭。可是濃得化不開的肥膩也會帶來吞嚥的困難，像很油的一道甜點。他的擇詞冷僻，雕琢晦澀讓一部分讀者失掉了耐性。我有一位閱讀喜歡「短平快」的美國友人就抱怨說，施伯龍一句話有時要讀上兩三遍才能夠搞懂！在去年一篇紀念他的恩師、同為旅行作家的帕特里克・富默的悼文中，施伯龍稱先生的文章唯一的美中不足是他的「紫色散文」（purple prose，華麗雕琢的文體），其實他自己也真是紫得有些發黑了。所以他的作品產銷量從來沒有超過梭洛的大眾遊記，吃力地幾年才能擠出一本書來。

水仙花的芳香

在十九世紀美國讀者的眼中，中國往往是陳列於西方美術館裡的模型庭院。這些袖珍樓台令他們流連而神往。不過，若是將模型還原成一座真實的中國人的社區，讓它變成唐人街的一隅，這就會教他們跌破了眼鏡。因為這背離了他們的欣賞習慣，對他們定勢的閱讀經驗算是挑戰。在這些讀者的眼裡，唐人街則代表著骯髒、醜陋與落後。唐人街的華人更是愚昧、卑瑣和不可同化的廉價苦力。在這樣的汙源與「黃禍」的雙重語境下，有一位作家以鮮見的勇氣寫了一部驚世駭俗的作品。她不僅以潔淨晶瑩的文字清洗掉唐人街不該沾有的汙名，而且用同情肯定的筆觸描繪了人性閃光、善良可親的華人形象。這位作家的名字就叫水仙花。

水仙花的原名為Edith Maude Eaton。她一八六五年出生於英國，具中英兩種血統。童年隨父母移民北美，成年時代主要定居在舊金山與西雅圖等西部城市。這也成為她後來小說中的主要故事背景。童年時的水仙花由於自己的特殊身分背景，自然體會到許多因種族差異所帶來的困惑，遭受過冷落和歧視。可是個性倔強的她卻從不在人前示弱。母親常常看到女兒從外面回到家中，渾身仍在發抖。因為她剛與一個持偏見的路人針鋒相對地辯論過。其實在水仙花十四個兄弟妹妹中，她的外貌長相更接近白種人。如果為了保護自己，她完全可以借白人的血統來掩蓋真實身分。事實上，她的兄弟妹妹不是以英國人就是以墨西哥人在外人面前搪塞，而她同樣出名的作家妹妹溫妮則為自己取了個日本名字。水仙花不僅沒有向世俗與偏見低頭，相反卻公開對世人承認自己的華人身分。在她發表的作品前面，更是執意使用中文發音的「水仙花」筆名（Sui Sin Far——廣東音）來昭示自己的族裔背景。水仙花自稱「血管中的白種血液在勇敢地為我們的中國人的另一半而鬥爭」。她的文學創作對後世的華美文學的發展產生了巨大的影響，被稱為文學祖師母當之無愧。不僅如此，水仙花的作品更是在美國大學文學課上登堂入室，成為詮釋十九世紀美國女作家創作的經典書目。而作品中包含的諸多後殖民主義因素也越來越引起研究者的關注。

在水仙花短暫的一生中（僅僅活了四十九歲），她只創作出版過一部作品。這就是刊行於一九一二年由短篇小說結集的《春香夫人》。作品包含了寫給成年讀者的故事和為兒童創作的童話。其中針對成年讀者的小說作品，主要以北美唐人街為背景，描述華人移民的艱辛經歷，觸及種族歧視與壓迫的社會問題，同時也成功地勾畫了形形色色、魅力紛呈的眾生相。在十九世紀末葉，對華人移民的種族歧視與壓迫隨著一八八二年通過的「排華法案」而達至高潮。「黃禍」一詞的衍生凸顯白人對華人的敵意與排斥心結。華人男性社會處境險惡，華人婦女的普遍遭遇也同樣不幸。在當時白人的眼裡，華人婦女不是歌女、娼妓，就是鴉片館的伺女。

她們中的大多數當初被拐騙綁架，然後再輾轉販賣到北美的唐人街。林露德（Ruthanne Lum McCunn）的傳記小說《千金姑娘》中就有這方面的詳盡敘述。據當時美國人口統計局的記錄，三千五百多名在美的華人婦女中竟有百分之六十的人被迫從事賣淫。其餘女性除極少數殷實華商的家眷外，則從事各種社會底層的職業，包括洗衣女工、傭人、店員和園藝農夫等等。後來頒佈的「佩奇法案」更將申請來美的亞洲婦女視為懷有「犯罪和損壞道德之目的」，除非提供良家婦女的證明，否則拒絕她們入境。

而本書中的第一篇小說《春香夫人》裡的故事正是在這種社會背景下發生的。然而水仙花的筆下卻創造了一位形象十足完美的中國女性，頗有逆潮流而動的意味。看看作者為女主人公取的「春香夫人」這個名字也耐人尋味。我們似乎從作者的一段文字中獲得了提示：「我們並非總是快樂的，人類並非天生就總是快樂的。然而當春天的太陽照耀在我們身上，春天的聲音迴響在我們耳畔，春天的香味及清新在空氣中瀰漫，整個大自然在回歸的生命中洋溢著歡樂；在這個時候，那隻令我們不懈追尋而又捉摸不定的叫作『快樂』的鳥兒，便好心地停留在我們身邊。牠唱出一首如此清脆動聽的歌曲，連我們叫作『悲傷』的家鳥都不得不將頭縮到翅膀下面，像是死去了一樣。」春香夫人的這層象徵意涵由此躍然紙上。作者似乎意欲創造一位完美之中國女性，正是基於當時「黃禍」文學中完美中國女性的零存在，她讓春天洋溢在女主人公的身上，與當時讀者大眾心目中的中國女性形成強烈的反差。

小說一開始，作者就讓春香夫人亮麗登場。她初來西雅圖時，一句英文也不會講。可是五年以後用春香先生的話說，「美國話再沒有什麼需要她學的了」。這樣的間接描寫，從側面顯現春香夫人的隨鄉入俗，領悟力之好，令人印象深刻。接下來的兩段層層鋪敘女主人公的聰穎與適應能力，而行文上則莊重夾帶詼諧，時有疊句交錯，音節悅耳，琅琅上口，彷彿是在讀英雄雙行體詩，真是春風得意，英氣風發。這種盎然的春意一直伴隨著女主人公，只要她一出現，文字便閃爍出光彩，躍動著韻律：「天空如浩瀚的太平洋一樣蔚藍」，「空氣中充滿著春天般的清新」，「整個綠色的世界隨著春天催發的生命而悸動」。如此復現的描述語言不亞於戲曲舞台上投射在主人公身上的一束強光或令人振奮的背景音樂。作者用心良苦，可見一斑。

故事也就這樣開始了。春香夫婦的鄰居有一個女兒名叫勞拉。正值論婚嫁的年齡，父母便做主，為她相中了舊金山一位中文老師的公子。婚約聘禮自不在話下，婚期更是指日可待。但是可憐的勞拉偏偏早已有了自己的心上人，死也不肯依從。唯一知道這個祕密的就是她的閨中密友春香夫人。可是春香夫人「天性樂觀，喜歡看到事物光明的一面」。月落星稀，她們徹夜暢談。告別時，勞拉喜笑顏開，愁雲盡散。春香夫人為她想出了一條錦囊妙計。

隨著情節的發展，故事場景移到了舊金山。春香夫人自西雅圖旅行至此。名義上她是來這裡探親訪友。她在唐人街受到親朋好友的熱情款待，這自不待說；與太太小姐們聽戲品茗更是少不了的。就是在這樣的場合下，她認識了一位名叫阿琪的姑娘。兩人似乎前生有緣，不久便成了形影不離的好朋友，並相約到公園散步聊天。公園會面的經過由春香夫人在信中向勞拉作了一番轉述：「親愛的勞拉，簞兮搖兮。下個禮拜我會陪阿琪去美麗的聖荷西鎮。那位賢師的公子會在那裡與我們見面。然後由一位仁慈的美國牧師主持，阿琪和賢師的公子就在小教堂裡舉行婚禮。奏上兩首樂曲，就算兩人在愛情與和諧的氣氛中結婚了。」

原來這位賢師之子就是勞拉的明日夫君。明明他們婚期在即，怎麼會有新娘調包這一招？謎底也就這樣被揭開了。原來春香夫人是肩負特殊使命而來。為了幫助勞拉解除這樁包辦婚姻，她風塵僕僕趕往舊金山，當面勸說中文老師的公子。捆綁怎能成夫妻，天涯何處無芳草？無意間她與阿琪相識，而面前這位活潑可愛的姑娘和賢師之子不正是天設地造的一對？她當即為二人穿針引線。初次見面，兩人竟然一拍即合。於是便有了前面信中所述的教堂中舉行的婚禮景象。春香夫人不愧為俠義肝膽，才智過人。

給勞拉的信寫完了，春香夫人又給丈夫修書一封。這封信寫得很長，也寫得妙。她先是請丈夫原諒，因為她不得不在舊金山再多待上一個禮拜。端午節將至，親友們都希望能品嚐一下她親手做的美式牛奶軟糖。接下來她又介紹了幾天來的見聞。美國朋友史密斯夫人舉行了一場報告會，她也被邀請參加。報告會的題目為「美國是中國的保護人」。不過怕觸痛丈夫的傷疤，想起以前白人給他受的窩囊氣。比如那次理髮師只收白人顧客五十美分服務費，卻要他掏一美元。還有一次，春香先生的哥哥來美探親，卻被美國海關扣押起來。她勸丈夫還是忘掉這些不愉快的往事罷，想想今天有這樣的安全可靠的保護人，損失那點錢又算什麼；也應該安慰一下大哥，讓他知道自己在受到象徵自由的美國之鷹的保護呢，多關些時日又有何妨。當然這些觀點都是她從史密斯太太的報告會上學來的。到了信的末尾處，為了讓丈夫高興，她說已為他買了一個精美的菸斗云云。這封信寫得很幽默，其中有暗諷，有夫妻之情，也有文采。春香夫人堪為性情中人。不過這些有著沉甸甸內涵的文字竟也是春香夫人信手拈來的障眼法。實際上她是要爭取時間為阿琪與賢師之子的婚禮做充分的準備。春香先生畢竟有些守舊，想必會反對妻子的此種舉動。春香夫人只好再施連環計，豈止瞞過了眾人，也瞞過了丈夫。結局皆大歡喜，勞拉的父母做出了妥協，一對有情人終成眷屬。故事的發展妙趣橫生，不時迴蕩著笑聲。

這種有驚無險的喜劇情節，力求凸顯女性才智鋒芒、敢於衝破世俗偏見的勇氣，在當時表現華人婦女的英文作品中是絕無僅有的。在作者的筆下春香夫人與莎劇《威尼斯商人》中的女主人公鮑西婭簡直可以相媲美，她們之間不乏驚人的相似之處。一個男扮女裝，一個調換新娘，是身分轉換的類似。她們皆機智過人，巧妙地將丈夫與眾人都蒙在鼓裡。她們都天性樂觀，散發著青春活力。鮑西婭對新婚丈夫海誓山盟，與春香夫人寫給丈夫信中的親密口吻似乎異曲同工。並且她們都身處新舊時代的更替之際，具有時代先行者的特點，寧為愛情、友誼或者女性權益、婚姻自由鋌而走險，也在所不惜。

在另一篇小說《次等女人》中也不難發現這種有趣的類同。春香夫人明察暗訪，為人排憂解難，最後不僅改變了一位美國婦女的社會偏見，還促成了一對白人青年喜結良緣。只見她時而埋首疾書，時而合扇凝思，時而又舉著粉色陽傘在烈日下敲門私訪。這又似乎變成了業餘神探馬普爾小姐的化身。

春香夫人的象徵意涵由此得以強化。不錯，水仙花努力創造的就是這麼一位具綜合特質的完美女性，理想化身。她熱愛友誼，憎惡偏見，不分種族，無論卑賤。正如作者本人所說：「我並無國籍，也不急於得到國籍，個人大於國籍。我將右手伸向西方人，將左手伸向東方人，希望他們不要將中間這條並不重要的紐帶徹底破壞掉。」這也許就是春香夫人的真正寓意吧。

與這篇小說不同的是，以探討異族婚姻為主題的《嫁給中國人的白種女人》及其續篇《她的中國丈夫》卻揭示了一場由種族偏見造成的人生悲劇。故事講述了一個白人女子在遭逢了不幸的婚姻之後，產生了輕生念頭，而被中國人劉康喜（音譯）所救，二人因此相識並結合。學者張敬珏認為，這篇小說的靈感是來自當時轟動一時的一個白人與日本人結婚的新聞事件。而事實上，自「佩奇法案」頒佈後，因為中國女性被限制入境，中國男子就不得不開始被迫與異族通婚。當時的華人男女比例是一百比四。在《新的智慧》和《歌女》兩篇小說中，便出現過華裔男性與白人婦女通婚的描述。可見這類事件並非絕無僅有。但是仍然可以想像這篇小說的發表會給當時的讀者帶來不小的衝擊，因為作者以極大的同情心正面肯定了這種異族婚姻。

劉康喜救下梅妮母女之後，便將她們安置在唐人街的親友家裡。他還好心地安排梅妮在他開的雜貨店裡做零工，並讓她學習中國的刺繡。這樣一來解決了母女的生計，二來正對梅妮的心事——她原本就喜歡繡花。可是這種平靜的生活不久便被打破。一天，梅妮的前夫突然闖進了她們的住處，威脅要將孩子帶走。他並警告梅妮，如果告到法庭，法官了解到她與一群中國人生活在一起的話，那判決結果是可想而知的。可是梅妮認為自己為一個中國商人做工，有勞而獲，錯在哪裡？「天哪，你已沉淪了！」前夫譏諷地說道，「那個滿身油膩的小中國佬把你的心奪去了！」梅妮此時平靜地回答說：「沒錯，是大大方方、像個男人樣地奪去了我的心。你人高馬大，可是你那顆渺小的靈魂怎麼能夠和他偉大的靈魂相比呢？聽到你在背後侮辱他，我才知道我愛他！」小說的開頭也正是以這麼一句開始的：「為什麼我會嫁給劉康喜，一個中國人，首先因為我愛他。」

雖然這種異族通婚在當時已並不算稀奇，但是黃種人與白人結婚在西部幾州仍屬於違法。十九世紀通行的反異族通婚法禁止有色人種與白人結婚，觸犯者會遭受牢獄之災，可見當時華裔男性腹背受挫、進退兩難的窘境。劉愛美（Aimee Liu）創作的同樣描寫異族婚姻題材的小說《雲山》，講述的就是一對中美新人不得不遠走他鄉，繞道天高皇帝遠的懷俄明州，取得一紙結婚證書的驚險歷程。可是大多數的中國男性卻沒有這麼幸運。我在一次加州早期華工實物與圖片展上，曾見到這麼一組觸目驚心的圖片：原來是一座座人丁興旺、熙熙攘攘的城鎮，到後來卻變成了一片頹廢淒涼的空城、死城。這是因為當地的單身華工，或者由於年老無嗣，最後客死他鄉；或者不甘寂苦，棄城外遷，到東西兩岸的大城市落腳，尋求擺脫自我毀滅的命運。

而梅妮就這樣地成為了中國的劉太太。水仙花通過梅妮的眼睛，借用她的口吻，作了一次對中國男人的公正評價。首先，梅妮覺得在劉康喜的身上看到了許多美國男人所不具備的美德。他們「比大多數的美國人更有道德感」。這一點從劉康喜不畏社會偏見，搭救並安置一對白人母女來看就是證明。其次是他們的堅韌與耐性。中國人在異國他鄉漂泊不定，遭逢艱辛困苦，中國男人都能默默地承受。他們雖然表面看來似乎不苟言笑，但是在家中卻能百煉鋼化作繞指柔。梅妮若是疲勞了，他便親自下廚，為她烹飪可口的菜餚。誰說中國男人不懂得幽默。看到梅妮恢復了體力，竟說他很失望。言下之意，他再無法顯示自己的好廚藝了。梅妮擔心丈夫會到中國再娶一個姨太太回來——這正是一般白人對中國舊時男人的印象。可是劉卻對她說，如果兩人真正相愛，怎麼還會去另娶姨太呢？儘管丈夫也有他的缺點，如他有時過度講面子，總要求她在族人面前穿什麼衣服，講什麼話，頗使梅妮困惑。可是與她的前夫相比，劉帶給她的是「幸福、健康與進步」，而她的白人前夫留給她的卻是「悲傷、苦澀和狹隘」的記憶。

縱觀全書，除了個別人物，如《小咪的禮物》中的富商被水仙花譏諷過以外，其餘大多數的華人男性都被作者予以正面的刻畫。與此相反，除了春香夫人的白人鄰居威爾算是被作者正面肯定之外，其他白人男性角色大多被水仙花予以負面的處理。是正本清源，還是矯枉過正，這是仁者見仁，智者見智了。

然而劉康喜與梅妮的婚姻並不能見容於當時的社會。不僅是白種人的社會，也不能見容於中國人的社會。小說到了結尾，劉康喜被同族的一顆子彈射進了後腦。這場異族的結合終以悲劇結束。

讀完了這本小說集，我一方面為作者挾帶十九世紀英語韻味的精采文筆所著迷，另一方面不禁為其作品所引發的現實意義而深思。一百年以前上演的這一齣齣種族偏見與歧視的悲喜劇，難道今天已卸下了帷幕了？在時下的「政治正確」的語境下，昔日顯性的仇視與排斥已轉變為隱性的異己意識。可是它仍舊存在，像空氣中的微塵，在我們的四周瀰漫。正因為如此，水仙花的作品今日讀起來，依然感覺清新如初。這朵潔白晶瑩的水仙花仍然散發著撲鼻的芳香。

生命的二重奏

一八四三年在美國發生了這麼幾樁事件。發明家摩爾斯在首都華盛頓架設了第一條電報線。作家愛倫坡憑小說《金色的甲蟲》獲頒文學大獎。也在這一年，摩門教主史密斯向世人宣布，他得到神諭，追隨他的信徒們享有一夫多妻的權利。然而最為搶眼的新聞則是，一對華裔兄弟在北卡羅來納州與一對白人姐妹舉辦了婚禮。這對兄弟不同常人，他們竟然是骨肉相連的雙胞胎。

他們兩人便是歷史上迄今最為著名的孿生兄弟菖與英（Chang and Eng）。因他們而產生的醫學術語「暹羅雙胞胎」今天在西方國家仍被廣泛使用。他們生前為歐美娛樂界名伶，多彩多姿的一生令世人喟嘆。他們以東方人的膚色與生理畸形作賣點，被時人稱為「世界第八大奇蹟」，其遭遇成為美國歷史上種族與生理歧視的不甚光彩的一頁。近年來學界開始對他們的個案予以關注，借用後殖民主義的理論加以透視，重新詮釋菖與英的傳奇一生。

一八一一年菖和英出生在暹羅（今泰國）沙沒頌堪省的一個偏僻漁村。父親屬華人血統，母親亦有四分之三華人血緣，因此小兄弟倆從小便被村民們稱作「中國雙胞胎」。可是他們幼小的身體自從降生那一刻起就骨肉相連，為此還險些被迷信的泰王處死。後來雖然泰王留了他們一條生路，卻又陰差陽錯地落入了唯利是圖的白人冒險家手中。投機商科芬和亨特在小兄弟的身上忽然發現了一個利用畸形表演賺取經濟利益的商機。他們不但騙取了小兄弟母親的信任，也瞞過了泰王。原本打算將這對聰明的雙胞胎留在宮中使喚，可是聽說兄弟倆在歐美會被當作稀世之寶看待，能為他的暹羅國增光添彩，泰王心中大悅，傳旨放行。

十九世紀的上半葉，西方正處在崇尚視覺真實的科技發明時代。西洋鏡、攝影術相繼產生。歐美人士從既真實又虛幻的縮景影片上窺見異國的風情，而遠洋貿易船隊帶回的實物正好提供了佐證，滿足了他們的好奇。維多利亞女王本人便有搜求異域風情的嗜好。在《維多利亞女王素描集》中可以看到她的兩幅中國男童的寫生。女王的筆觸流露出正面肯定的態度，看不出同一雙手曾經發動了鴉片戰爭。在西方自馬可波羅來華以後幾百年裡，中國人便時有被妖魔化的傾向。如果以往的描述與刻畫還僅僅停留在捕風捉影的階段的話，科芬為他們帶回來的卻是活生生的不健全的人體。

當初科芬（Captain Abel Coffin）發現了兄弟兩人的時候，他曾在給妻子的信中這樣寫道：「我這裡有兩個十七歲的中國連體男孩兒，長得很結實。希望能用這對稀奇玩意賺它一筆。」在商言商，這算是科芬的真情表白。與以往的黑奴不同——奴隸在農田裡勞動已是白人眼中看膩了的風景，可是從天下諸邦蒐羅來奇人異物，卻平添神祕色彩，為感官帶來驚奇和刺激，這才是十九世紀美國主流觀眾的口味。知名作家歐文．華萊士（Irving Wallace）在為菖與英所寫的傳記《這兩人》中指出，當時「美國有一千兩百萬人口，大多數的人渴望觀賞稀奇古怪的節目」。更何況是畸形之中國人，由他們在舞台上表演，想像與真實奇妙地合為一體。東方西方，黃膚白肌，孰優孰劣豈不一目了然？白人觀眾的種族優越感以準審美的方式得以鞏固與昇華。欣賞者自然趨之若鶩，那錢也就嘩嘩流入了科芬這類組織者的口袋中。據資料記載，當時在紐約不少劇院裡流行畸形人表演。其他族裔不算，僅是華人的參演者就有如下的記錄在案：「中國張巨人」、「中國侏儒馬徹（音譯）」、「中國女人阿芳（音譯）」、「巴拿姆的中國家庭」（據學者陳國維的統計）。維多利亞時代正是西方的獵奇者演出文化「搜神記」的巔峰期，伴隨而來的殖民地開拓更是如火如荼。

正值青春年少的菖與英懷著環遊世界的奇想，一心期待在陌生的新大陸迎接他們的將是鮮花與掌聲。雖不能與歌劇明星們相比，但他們的表演也應該會被觀眾接受和欣賞，至少換來善待和尊重。可是他們萬萬沒有想到，等待他們的既不是鮮花也不是笑容，而是馬戲舞台的昏暗燈火、混亂的現場以及觀眾的尖叫和咆哮。他們被迫走上了畸形秀的舞台。有指定醫生站在一側，彷彿拍賣人體器官一樣大聲地講解他們的生理特點，還讓兄弟倆剝光上身，讓觀眾看個清楚。然後他們又被一些江湖術士拉去，隨心所欲地在兩人身上作些離奇古怪的「科學試驗」。這且不說，他們的生活待遇與奴僕地位無異。巡迴演出的時候被安排住下等艙，吃劣等伙食。

科芬極盡剝削欺壓之能事，不僅苛扣他倆的薪水，更不曾履行諾言給他們的母親寄過一文生活費用。在精神方面他們也是受盡挫折與屈辱。法國海關禁止他們入境，理由是他倆的畸形表演恐怕會讓孕婦觀眾產下畸形兒。當時的英國《詢問報》刊登了一則報導，語氣頗帶憐憫：「可憐的傢伙們，被人從他們的故土帶走。遠離母親的照料，遠離捕魚度日的健康生活，被拖拉到世界各處表演，命中注定將在奴役中度過殘生……顯然他們渴望著能從展覽秀中解脫出來。」

將自己從「人類動物園」（「human zoo」）中解放出來——這已變成了菖與英抵達美國不久後最大的心願。經過他們的不懈抗爭，最終擺脫了科芬的挾持，而走上了一條自尊自強的演藝之路。也從此不再以販售自己的生理缺陷作賣點，而是力求讓表演具有藝術欣賞性，具有獨特的幽默與智慧。首先他們苦練英文，由於天資聰穎，幾年後他們一登台便可以開口一吐，大段大段地朗誦莎翁和蒲伯的詩行。他們還會當眾講些睿智的笑話。在倫敦的一場演出，有觀眾要求他們談談對英國文明的感受。出乎眾人預料，菖脫口說道：「倫敦的太陽比燒盡的煤核還要黑哩！」藉此諷刺倫敦的空氣汙染。遇到非禮或刁難，兄弟倆亦還以顏色。曾有心懷叵測的觀眾跳上舞台，向眾人宣布說他們是一對騙子，還逼兄弟倆脫掉上衣以正視聽。話音未落，菖與英雙腳齊飛，將這個無賴踢下台去。

一八三二年至一八三九年間，歷史見證了兩兄弟如日中天的聲望。據史料記載，他們成為當時最熱門的娛樂藝人，這一點連世界拳王薩利文都要甘拜下風。他們的成長故事被搬上了舞台，在大西洋兩岸上演。不但寫了名作《龐貝末日》的布沃斯．李敦為他倆著書立傳，馬克．吐溫也因此迸發靈感，創作了《傻瓜威爾遜的悲劇》這部不朽小說。今天讀這些作品仍覺得不乏喜劇色彩，甚至調侃。然而不能否認的是，一對東方殘疾藝人在西方社會造成如此深遠的影響，這確是異乎尋常的現象。他們甚至還受到了林肯總統的接見。當時這位民權總統不由地詼諧地說道：「一副軛上要兩頭牛套拉，這有多麼難啊！」感嘆中流露著同情。

在北卡羅來納州的西北部，美麗的鴨錦河緩緩流經威爾克斯伯勒（Wilkesboro）小鎮。晚霞餘暉中河面時而濺起柔情的浪花。岸上坐著菖和英，與他們緊緊相挨的還有一對白人姑娘。一首曠世的愛情四重奏正在譜曲。華萊士在《這兩人》的傳記中描寫到，英動不動就對著其餘三人背上一段蒲伯的英雄雙行體詩。有趣的是，蒲伯的某首詩曾紀念一對十八世紀匈牙利連體姐妹。這可能也是他與菖對蒲詩情有獨鍾的原因吧。這已是在他們雲遊歐美十載之後，終於告別了表演生涯，悄然退隱於南方無名小鎮，打算去過男耕女織的田園生活。莎拉與艾德萊也是一對親生姐妹。她們對兄弟兩個愛得情真意切，非兩兄弟不嫁。可是她們的保守父母最初卻很難接受這樣的特殊戀情與婚姻。這裡是連附近大城市新奧爾良來的過路客都會被視作外國佬的閉塞鄉下，更何況一對異國連體畸人竟打算作他們白人姐妹的乘龍快婿。這場不可避免的衝突在小說《菖與英》中獲得了戲劇性的再現。這部新近出版的小說一問世即成為暢銷書，讓名不見經傳的作者戴倫．史特勞斯（Darin Strauss）一夜成名。作品亦有中文版發行，據說好萊塢也打算將其搬上銀幕。

該小說穿梭於想像與真實之間，重構四人的一段創世奇戀。同時借用後殖民主義的調色盤，點丟種族與生理歧視的謬誤及盲點。作者似乎要特別提醒讀者注意的是，威爾克斯伯勒居民拒絕接納菖與英的主要原因並不是他們的畸形，而是他們的膚色。「這兩個中國佬不能娶你的女兒！」鎮民們向莎拉和艾德萊的父親吼叫道。他們高舉火把，帶著武器，衝向菖與英匿身的牧師家。兄弟兩人手持獵槍，站在院子當中。面對著氣勢洶洶的人群，他們在堅守與退縮的意念間徬徨。堅守的代價也許是喪命亂槍之下。退縮則意味著愛情和婚姻對他們而言不過是又一場旋生即滅的痴夢。畸人的宿命便永遠是孤獨和淒涼。在這危急的時刻，英鼓足勇氣地說道：「我們寧願去死，也不會放棄結婚的權利！」這也正是小說力求凸顯的主題：公理不分生理，愛情勝於種族，這是不可被剝奪的人權與正義。後來鎮民們屈服讓步了，她們的父母也終於諒解和接受了菖與英這對女婿。在婚禮上，面對前來祝賀的鎮民們，兩對新人在玫瑰花架下甜蜜地翩翩起舞。

我曾端詳過一幅畫面有些模糊的百年照片。這是菖與英的全家福，它記錄了夫妻四人和十八位後代，而他們一生共生育過二十一個子女（菖有十個，英有十一個）。我手邊的最新一期美國《國家地理》雜誌剛好刊登了他們後代今日的家庭合照，成員已逾一千五百人。當時他們就已成為小鎮上的人口大戶。以至於他們不得不將過於擁擠的兩個家庭一分為二，另添新居。兄弟兩人從此穿梭往還，一家住三日，直至去世。

南北戰爭的炮聲卻震碎了他們的莊園之夢。本來靠著幾十年的積蓄菖與英已晉升莊園主人之列。然而戰爭結果是南方挫敗，經濟蕭條，通貨膨脹。眼看手中的邦聯鈔票變得不值幾文，而物價卻在飛漲。家中幾十張嘴巴該怎麼養活？菖與英又一次陷入了人生的低谷。在走投無路的情形下，兄弟倆只好投奔素有畸形秀之王稱號的巴拿姆（P. T. Barnum）的演出公司，重拾舊業，登台賣藝。

正是這位畸形秀天王曾組織了前邊提到的「中國張巨人」和「中國侏儒馬徹」東方畸人的表演，他是一位「運用典型的美國方式包裝東方觀念和人物，從而促進大眾消費的關鍵角色」（陳國維語）。巴拿姆絞盡腦汁，試圖讓菖與英這對昔日明星重新在秀台上發熱發亮。於是他萌發了由他們攜妻與子全家登台的創意。黃膚的連體人不夠刺激，讓他們的白膚妻子、混血子女一同上場，看搶不搶你們的眼球？

這一年菖與英已經五十四歲。當兄弟倆邁著蹣跚的步伐，緩慢登上舞台的時候，觀眾一下子驚呆了。接著便爆發出一陣狂笑，是奚落，也是無奈的嘲諷。不復青春的菖與英毫無昔日矯健的身手和活力，觀眾看到的已是衰老僵硬的身姿和滿臉的尷尬之態。一場期待中的偶像戲終以滑稽劇而收場。

菖與英傳奇的人生之戲也接近了尾聲。菖一生酗酒，體弱多病。他在最後這次巡演途中染上肺炎，一病不起，於一八七四年離世。英將菖冰冷的軀體緊緊摟在自己懷中，四小時後也離開了人世。兩個人同時降臨到這個世界，又一同告別令他們眷戀卻充滿冷漠的人間。

「聽」莎士比亞

《理查二世》是莎劇中最為詩化的一出歷史劇。也許因為剛剛寫就《羅密歐與茱麗葉》，作者筆力詩意酣然，轉而正書玫瑰戰爭導火線的理查二世王室顛覆的始末，竟將王族仇怨也寫得悲絕淒情，不僅賦予大小角色錦心繡口的道白，修辭遣句也都是浮聲切響的天籟。套用約翰生的戲喻，莎氏的俏皮話正是讓他喪失了世界的埃及艷后，可他心甘情願。范多倫說這齣劇的語言充滿了音樂感，說明英語之美還在於它能當樂器來演奏！（「It is also the beauty of the English language considered as an instrument upon which music can be made.」）最近看了萊昂納多．帕朗克（Leonard Pronko）導演的《理查二世》，為了凸顯台詞的聲韻之美，竟然糅合了歌舞伎「唄術」，算是另類莎劇。

伊麗莎白時代的文藝復興劇如何才能詮釋得原汁原味，常產生仁智互見的爭議。雖然劇本文字的漂亮可供閱讀與欣賞，但戲劇畢竟是表演藝術，舞台上的形聲美才真叫人神魂顛倒。前斯特拉福莎士比亞戲劇節的負責人兼導演伯特倫．約瑟夫（Bertram Joseph）曾著《表演莎士比亞》一書，追溯伊麗莎白時代劇場文化與學童啟蒙教育之間的關係。他發現當時學校中實行模仿戲劇道白的教學法，透過讓學生高聲朗誦達到修文怡性的目的。這與我國古代「熟讀成誦，涵詠體味」，「風聲雨聲讀書聲，聲聲入耳」的蒙學訓練有幾分不謀而合。因此他得出結論說莎劇舞台的道白一定要像學童朗誦那樣聲情激盪才可以，並鼓勵演員用此法訓練台詞術。施米蓋爾（Gary Schmidgall）撰寫的《莎士比亞與歌劇》專著則從莎劇中的情緒感嘆詞（ecphonesis）著眼，力圖在「啊」、「哦」等元音拖腔和道白韻律中找出莫札特、威爾第們的音符來，結論是莎劇的初衷恐怕是為聽眾而非觀眾創作的。這些觀點及主張還多少代表了歐美莎學戲劇研究的主流，可是到了帕朗克的手裡，莎士比亞的戲劇則混合了東方的美學元素，為了強調莎劇語言的音樂感，他將日本歌舞伎道白藝術糅合進來，效果多少有些伊麗莎白與幕府將軍混聲的殊相。身為加州波莫納學院（Pomona College）拉丁語系的教授，本來是先鋒戲劇研究權威，醉心於阿努伊和尤內斯庫，還兼作過導演。後來偶然在日本與歌舞伎藝術遭遇，他竟一發而不可收，終生為溝通東西方戲劇藝術而奔走不疲。他十分欣賞東方戲劇的高度抽象與詩意，對歌舞伎的華美道白更是推崇備至。於是他撰寫了《東西方的莎士比亞》一書，決心將莎劇的傳統表演引進一股清風，用他話來說是「引爆一顆淨化空氣的炸彈。」正統的莎劇製作在二十世紀始終是以現實主義表演為主流的。由於電影媒介的產生，原本話劇舞台的洪亮道白變作銀幕上的耳鬢低語，戲劇語言豐滿的聲韻之美便在膠片的柔腔軟調中湮滅無存了。在帕教授看來，這卻是種瓜得豆，硬教巨人睡嬰床的得不償失的所為。因此在他導演的莎士比亞戲劇中，他要求演員「透過歌舞伎表演莎士比亞」（這也是他的一篇文章的標題），吸收歌舞伎的抽象與詩意，揉進劇情之中。

不得不承認有些演員在這場戲中的表演效果很好，如老蘭卡斯特公爵，將該劇精華段獨白一氣呵成，盈耳如鐘，頗具震撼力。而理查的扮演也拿捏得當，詩意的道白從這位落難國王口中說出，陰柔氣質有幾分理查二世扮演名角麥凱倫的神經兮兮的影子。彷彿南唐後主的不列顛難兄難弟，王冠戴不成戴桂冠的薄命詩人，虛幻的獨白者，結果也像李後主一樣幽囚中喪命。史料證實蒙他庇護的大詩人喬叟不久也告失蹤，估計失寵後亦凶多吉少。舞美的設計也力圖簡化，由此還原伊麗莎白時代劇場的寫意氛圍，不求佈景道具的吸睛或搞華麗的時裝秀，也是為了讓觀眾注意傾聽演員的念白。最後一幕的第三、第四場常被評家貶為不盡如人意的打油詩，與全劇相比也顯得多餘，亦被刪掉，劇情因此更緊湊。遺憾也是存在的，有些道白似乎矯枉過正，如約克伯爵婦人的哭訴過於悲切而近似狂嚎，大臣斯格蒲的道白也誇張得有些滑稽。還有那節「鳳笙莫向淚時吹」的音樂插播，似乎來得太現代，太電子琴的感覺。

與帕教授失之交臂，戲剛演完，他已人在東京了。雖然我試圖與他聯繫，因不習慣日本的電腦鍵盤操作，他的電子郵件總是斷斷續續，可是不久終於接到了他的電話。雖然八十四歲的高齡，他的聲音洪亮且有感染力，不知是否得益於歌舞伎的訓練。他特別強調莎劇與歌舞伎同屬「大於生活的藝術」。激情，誇張和抽象詩意是它們的共同特點，而「運用歌舞伎的技巧可以重新創造出莎劇最初演出時的戲劇氛圍」，尤其是《理查二世》這種詩化史劇。可是他也坦承演員最初並不習慣這種表演方式，扮演理查二世的演員沿襲了現實主義的風格，道白頗為生活化。帕朗克說這樣不行，必須放開來演，打開嗓門音域，將音節尤其元音拉長，像唱歌那樣。同時配合形體的動作，讓觀眾一窺人物的內心世界。

帕朗克對京劇也有研究，如果去讀他的《東西方的戲劇》這本書，就會發現他竟然還是梅蘭芳的專業粉絲。該書有一章詳細介紹中國的傳統戲劇以及在海外的推廣，從關漢卿直寫到熊式一和梅蘭芳。波莫納學院是全美亞洲戲劇研究的重鎮，上個世紀三十年代梅蘭芳來加州演出，還獲得波莫納學院授予的名譽文學博士學位。兩年前梅葆玖尋父蹤來該學院訪問，並在柯達劇院演出《貴妃醉酒》，帕教授還親自做過接待呢。

由電影《沉默》所想到的

好萊塢著名導演馬丁．史柯西斯（Martin Scorsese）二〇一六年的作品《沉默》是一部無法讓人「沉默」的影片。十七世紀葡萄牙傳教士和日本基督教信眾遭受鎮壓和血洗的歷史，竟令人想起古羅馬政權逼迫初期基督教會的情形。然而江戶時代的鎮壓手段顯然更帶有本土特色的野蠻和血腥，幕府統治者施行的是一次徹底的外科手術的摘除，將他們視為基督教惡瘤從日本肌體上剔除得一乾二淨。無論斬首活燒，還是水淹湯煮，日式折磨全套伺候。不但如此，並且長期追蹤強制化療，使日本基督教土壤完全焦質或沙漠化。這種絕根毒土的迫害被一位當時駐長崎德國醫生記載下來，稱其為「所見過的地球上最為殘忍的對基督徒的迫害和折磨。」甚至傳教士也從此寒蟬噤聲，放棄了宣教，有的還甚至背棄了基督教而皈依佛門。基督教信仰似乎從此在日本銷聲匿跡直到今日。

影片似乎給我們留下了這樣一種印象，巨棒外交（Big Stick Diplomacy）之下大和民族不可能成為基督教生存和傳播的沃土，反而只能變成西方精神信仰的「沼澤地」和荒原。用劇中日本判官井上大人的比喻來說，日本人寧可納娶本族妻妾，也不會接受外國老婆，何況洋婆娘還是個能說會道，日後必將丈夫引入邪門左道的巫婆。將基督教與巫婆仙娘相比擬，透露出日本傳統文化對西方基督教文明的戒心和排斥性，然而影片卻未能將這個複雜的歷史現象作出一個合理的解釋，而是將背後隱藏的日本傳統價值觀念和民族心理禁忌簡單而輕鬆地一筆帶過。

日本文化傳統中不存在「罪性」意識，只有「羞恥」概念，這是美國人類學家本尼迪克特對日本民族性格的深刻剖析，早已成為經典。日本人一向自視甚高且極端愛惜羽毛。名譽的無瑕，人格的自尊是日本民族動不得的集體軟肋。稍微出現差池甚至犯錯，便因而產生強烈的恥辱感，好像名譽人格蒙受玷汙，只好極力補救，甚至殺身成仁，保全顏面。這樣的民族怎麼會承認自己的原罪和祖先的前愆？日本人連自己犯了過錯都羞於啟齒，諱莫如深，更何談去當眾懺悔認罪獲得寬恕救贖。《沉默》的原小說作者遠藤周作曾經在他的《對我而言神是什麼？》一書中坦承「我長期為日本人沒有基督教說的原罪意識所苦」，因而當影片中再三出現日本信眾跪地面向神父懺悔的鏡頭，甚至在他們被推出行刑之際還掙扎著呼求做最後一次懺悔的時候，這是具顛覆性的非日本人格化的心理和行為表現，當視為日本人性長期遭受壓抑之下的驟然宣洩和完全解脫。

約兩千年前基督徒同樣受到羅馬政權的迫害，尤其以戴克里先（Diocletian）時代的鎮壓最為血腥和殘暴。然而基督教運動轉入地窟山洞，仍舊以星星火種賡續不熄，終燃燒成燎原火勢造成羅馬帝國徹底基督教化，連羅馬皇帝康斯坦丁本人也受洗皈依了基督教。其中的一個重要原因便是羅馬民眾在經歷了幾個世紀基督教的洗禮之後，信仰心理與價值觀念早趨成熟，接受基督教基本教義水到渠成，尤其是人類原罪與救贖重生的道理，萬民皈依只是遲早的事。

然而日本在宗教信仰方面卻選擇了一個不同的走向。大和民族的性格和思維方式基本是俗世而現實的。民間生活中似乎有神卻又無神，他們的現世神曾經是日本天皇，而今日則由儒佛尤其是神道教取而代之，可是他們信奉的「八百萬神明」歸根到底也無非是為了祈神求福避邪驅鬼罷了。無論是哪一種迷信哪一門佛哪一家道，都無法使日本人低下頭來認罪，因而也就不存在贖罪重生之說。這在日本的文學作品和影視文化中表露無遺，浸透於日本俗世行為和日常生活之中。甚至在國家制定方針政策方面，也毫不遲疑地受到了這種國民集體無意識的左右和操控。比如日本政府就永遠不想在二戰問題上，向所有遭受日軍侵略的亞洲鄰國道歉和認罪，除了政治和體制的某些因素外，對罪孽的集體健忘症似乎也折射出日本民族恥辱心態膨脹，和拒絕悔過贖罪的國民性格。

曾經擔任美國駐日大使的哈佛學者賴世和（Edwin Reischauer）對日本人的基督教觀有過敏銳的觀察，他認為「日本人在接受基督教上面的失敗和膚淺地借用，使我們認識到日本人只是接受了西方的外在文明，他們的固有傳統對西方的理念和價值卻無動於衷。」這也就解釋了為什麼日本人在效法和追捧西方的物質文明尤其科技文明方面可以說亦步亦趨，如假包換，然而在精神信仰方面卻表現出了絕對的自信和免疫性這個奇特現象。如今整個日本的基督教信徒比例不超過人口的百分之一，和同樣深受西方文化洗禮的近鄰韓國的基督徒人口比例不可同日而語。借用《沉默》中的一句台詞「山河可移，本性難改」，日本在信仰方面的心理磐石在世界文明的湍流中始終屹立不搖，拒絕懺悔和認罪就是刻在上面的該隱記號。

突破地域之囿

好萊塢影片《失落之城》（The Lost City of Z）自推出後頗獲業界的好評。史詩風格的製作講述了一個二十世紀初亞馬遜叢林探險的真實故事，其經歷的艱危困苦不亞於沙克爾頓征服冰極所遭逢的生存挑戰，縱深蠻荒周旋原始部落的離奇曲折瀰漫著《金枝》式的巫術隱喻和神祕，人物塑造則混合了印第安納．瓊斯的學究氣質和英雄主義。然而影片的話語視角則是後殖民主義的現代審視，包含著對西方文明征服與掠奪殖民地歷史的批評，是一部當代好萊塢對殖民主義時代自我檢討和反省之作。

影片主角珀西．福塞特（Percy Fawcett）少校是一位盡職盡責表現出色的英國皇家砲兵軍官，卻因父親的聲譽汙點而未獲晉升。皇家地理學會願以恢復家譽為交換條件，派遣他去南美洲亞馬遜流域測繪土地，並充當巴西和玻利維亞邊界糾紛的技術調停人。當時為大英帝國外遣的探險隊，往往既是科學考察隊，也是「帝國的細菌」（康拉德語），進進出出之間蒐羅情報，為英國下一步的殖民和掠奪作準備。而福塞特之所以接受了這項幾乎是送死一樣的任務，無非是為了擺脫家醜的拖累，使家族重返英國上流社會，更不用說官爵俸祿的誘惑了。

可是福塞特此行竟然徹底改變了自己的初衷。在當地土著的嚮導下他們歷經凶險磨難尋找到了勘查目的地，並順利完成了邊界測繪的任務。可是在勘查過程中他卻意外地在叢林深處發現了幾塊原始城邦的陶片和神祕圖騰。當他返回倫敦向世人公佈這一重要發現，並堅信亞馬遜叢林中曾經存在一個古老的文明國度時，幾乎沒有人相信他的假說。認為在那麼一個蠻荒之地曾經出現過可與西方文明分庭抗禮的古老文明被看作是荒誕不經的。可是，為了證明荒蠻之地並非荒蠻這一事實，福塞特又多次重返亞馬遜森林，去尋找那一片從未被西方文明玷染的原始文明的淨土，此時官爵俸祿上流社會種種榮譽對他來說已毫無吸引力了。

如果我們稍微留意英國歷史上的探險家和旅行家的記載，不難發現這個國土面積相對狹小的島國，曾經產生過世界上幾乎最著名最吸睛的敢於用腳板和膽量說話的一批奇人。儘管這些探險家的初衷和冒險歷程不無歷史的侷限，在今天看來更帶有殖民掠奪等帝國主義的特徵，然而有一點客觀事實恐怕連探險家們自己也始料未及。他們的發現不僅為英國也為整個人類填補了世界地理空白，增加了我們對於所居住的星球的認識和理解，並且豐富了人類的視野和想像力。而這種冒險的精神和縱橫世界的野心卻與英格蘭國土的面積恰好成為反比。

莎士比亞稱英國為「小小的英格蘭」，「大海作牆的花園」，可見英國人歷來囿於地理狹仄隔絕（insularity）之限，加之種種政治經濟因素和自然資源匱乏所帶來的天然壓力，使英國人長期試圖掙脫地理和心理的束縛，不斷上演探險動作連續劇。英國人內心狂野其來有自，因為他們不甘心做小小花園的主人，而夢寐以求當「世界的公民」（奧立弗．歌德史密斯語）。詹森進而呼籲英國人「讓我們從中國到祕魯，視野廣泛地探究人類」。所以英國的人文視野往往是在英國之外，放眼歐陸和世界。牛頓坐在自家花園裡，一顆墜下的蘋果竟然激發了他的關於萬有引力的靈感，眼睛早已注視地球之外更廣漠的星空。莎士比亞將整個世界看作僅僅是一座舞台，宏觀之喻顯示出一種形上學的視野和氣魄。李約瑟幼年的校訓不是墨守成規地死抱書本，而是「海闊天空地去思考問題」。如果再去讀一讀英國旅行家的遊記，你會發現他們往往對於那些高天闊域之地趨之若鶩。我曾經採訪過英國前皇家文學會會長、著名作家科林．施伯龍。有趣的是他的小說背景往往發生在病房或監獄等極為有限的空間，表現了英劇玲瓏場景之特色，然而他的遊記卻發揮出另極空間敘述，廣闊的空間從絲綢之路、中東沙漠一直延伸到西伯利亞。

順便一提英語在海洋這方面的詞彙也非常豐富，就像因紐特語言表達雪的詞彙一樣儲備雄厚，說明了英語民族尤其是英國歷來與海洋的密切關係。海洋帶給這個民族不僅僅是巨大的物質財富和機遇，也帶來了開放的心態和自由的想像力。十分關注人地關係的啟蒙思想家梁啟超曾感慨道：「海也者，能發人進取之雄心者也。」算是二十世紀初中國的有識之士，對清代閉關鎖國敲起的一記警鐘和喚醒開放心態的呼籲。

走出去，打破地域之囿同樣是中國人千百年來的夙願和實踐。眾多偉大的中國旅行家、航海家和探險家曾經留下過勇闖天涯海角的歷史足跡。無論是美洲大陸、地中海還是波斯灣都發現華夏先民曾經到達和遠涉的非凡歷程，更不要說後來的鄭和下西洋在世界航海史上寫下的炫目一頁。雖然中華民族的探險精神和積累的豐富經驗在近代遭遇了閉關鎖國的挫折，然而到了二十一世紀全球化的今天，憑藉著我國遼闊優越的海岸線和無遠弗屆的新絲綢之路的四通八達，華夏祖先所創造的絲路文明一定會浴火重生。這，也許正是影片《失落之城》帶給我們的一些新的思索，一帶一路勢必激發新時代的地理探險和更高層次的文化超越。

科恩兄弟的《西部老巴的故事》與黑色幽默

科恩兄弟（Coen Brothers）二〇一八年編導的《西部老巴的故事》（The Ballad of Buster Scruggs）以美國西部民間故事為素材，套用系列劇情的敘述手法將六個不同的故事片斷串聯一處，注入黑色幽默和反英雄的調侃色彩，打造出了一部解構元素濃厚的西部片。

我們所熟知的傳統西部片模式，往往以3G英雄（God、gun、guts，上帝、槍、膽量）約翰．韋恩和冷面槍手克林特．伊斯特伍德為主流的「雖千萬人吾往矣」，拯救文明世界於蠻荒的話語敘述，在後殖民主義全面翻盤的當今顯得out和刻板。好萊塢近年來也開始改頭換面，推出不少的反類型西部片，產生了諸如《斷背山》，《八惡人》，《敵對》和更早些的《與狼共舞》等一系列更為多元視角的影視作品。廣義而論，《西部老巴的故事》便屬於這股由六十年代興起如今漸成正果的「修正主義」（Revisionist）西部片潮流在二十一世紀的持續迴響。然而《西部老巴的故事》並非是一部後殖民主義話語的製作，對印第安原住民的生態敘述和整體西部歷史框架的把握也說不上政治正確，科恩兄弟顛覆話語的著力點在於扒光牛仔救世主們一向炫耀的行頭，暴露他們脆弱的人性。黑色幽默將冷血的殺無赦變成一出一出搞笑的段子。結局也沒有理所當然的皆大歡喜，沒有「從此他們過上了幸福日子」的草原小屋式的高潮。整部影片充滿陰鬱色調，也許這正是導演想要達到的一種反英雄和反高潮的效果。電影頗獲得業界肯定，爛番茄和蜜塔影評人打出高績優評分，還拿下不少歐美影評大獎。

且來看故事內容，《西部老巴的故事》第一個故事是講述西部傳奇英雄綽號「快槍手」（buster）斯克魯格斯的俠義事蹟。英文「buster」意思是以迅雷不及掩耳之勢制伏對手，說明他的槍術之快之準。他表面上嘻嘻哈哈，一副葛優似的不緊不慢，邊走邊唱，吉它斜彈。可是他的琴聲令人肝顫，因為他的奪命槍彈無虛發，可以百步斷指。本來斯克魯格斯打遍西部無敵手，卻偏偏香頭撞到雨點上，碰到了一個無名之輩，善吹口琴的小遊俠，原以為是毫無懸念的一場對決結果卻讓人看到了傻眼。小後生抽槍比他快了毫秒，讓斯克魯格斯去見了上帝。這時候的特寫鏡頭裡，斯克魯格斯竟然不慌不忙地摘下牛仔帽查看傷口，發現漆黑的彈孔從自己的眉心進去後腦勺出來，這才意識到自己中彈了，接著他翩然升作天使，懷彈裡拉琴，邊唱邊飛向天堂。套用了吟唱牛仔吉恩·奧特里（Gene Autry）的西部片傳統，添加了黑色幽默的濃郁風格，十分調侃戲謔。

第二個故事說的是一個九命老貓江洋大盜。他稱得上黑道鼓上蚤，來無蹤去無影，卻在搶劫銀行時被抓，並送上了絞索。後來因為陰差陽錯逃過了死刑，又被印第安人放過了一馬，可謂命大造化大。然而最後還是被捉住推上了絞架。臨刑之際同上絞架的夥伴早已嚇到鼻涕一把淚兩坨，他卻祭出一句極品安慰的台詞：「這是你的第一次吧？」冷笑話擲地有聲。

曾幾何時從「美國天命觀」（Manifest Destiny）濫觴的早期西部拓荒時代到特納邊疆理論奠定的十九世紀末葉，牛仔精神早已搖身幾變成為美利堅民族精神的脊梁。又經過華麗的好萊塢包裝轉化為大眾偶像和牢不可破的「俠」和「隊長」的英雄記憶。想要在西部片中尋找小人物，失意者或陀思妥也夫斯基式受害者恐怕很難。對人物的複雜刻畫和人性的挖掘，美國文學最優秀的詹姆斯心理寫實傳統和福克納的社會反諷性，在西部文學中常不被當一回事。誠如身兼西部文學作家與學者身分的華萊士．史達格納（Wallace Stegner）所言「歐美文學的主流已經越來越關注受害者，而不是英雄了。去到西部小說裡尋找受害者，只能偶然發現而已。」

可是在《西部老巴的故事》裡情形卻相反，不論是失敗的牛仔，破產的藝人還是夢想破碎的新娘都一一被無情地抖落出來，像是好萊塢的衣櫥裡一下子滾出了許多家醜不可外揚的骷髏。流浪的藝人背著一個畸形表演者四處奔波，靠著他的怪奇秀和擅長朗誦莎士比亞的十四行詩和林肯的「蓋茲堡演說」等文學名著來吸睛，開始還頗受那些淘金仔們捧場。可是到了人煙稀少的村落，觀眾漸少，入不敷出。眼看走投無路卻發現一隻既會表演又能省錢的馬戲團公雞，為了節省開銷，他將這只聰明的公雞買了回來，將票房毒藥的畸形演員推下了山澗。

無論他們當初的夢想是多麼完美可期，富於浪漫氣息，到頭來竹籃打水一場空淪為命運捉弄的失敗者和受害人。原來奉兄命遠赴俄勒岡州與人完婚的準新娘愛麗絲，踏上西行之路後卻厄運連連。沒出發多久兄長因瘟疫半途先歿，婚約也變成一張白紙。後來幸得護行俊男許諾，願終身相伴呵護左右，美好願景柳暗花明終於指日可待。卻中間殺出程咬金，狹路相逢印第安人部落，被追到山窮水盡，愛麗絲無奈之際舉槍自裁。以田園詩始卻以烈女傳終，高潮跌到冰窟窿裡，只有寒冷和叫苦不迭。

電影終了，驛車上載滿一群闖關東似的花花綠綠的西行客，他們中間不是騙子就是冒險家、掮客、皮貨商，和萬綠色叢中一點紅的女基督徒。人人講了一段故事，天花亂墜一番，上演《坎特伯雷故事集》的美西續集，只是這裡的女教徒卻不像嫁了五回的巴斯婦，做了一次能量的平衡。

在終結了西部英雄的時代，也許那位嚼的是冷饃饃擠的是金汁，後來黃金滿載詠而歸的老淘金工才是影片真正的英雄？

奧杜邦與中國畫的兩種境界

近讀哈佛美術史家班傑明・羅蘭的《東西方的藝術》（Art in East and West: An Introduction Through Comparisons）一書，作者對一向被主流美術界冷落的美國十九世紀鳥類畫家約翰・奧杜邦著墨不少，還特別拿它與宋徽宗的院體派花鳥畫相互作了一番對比，引發了他對中國畫家空間運用高明之處的諸多揄揚與肯定。

奧杜邦一生鍾愛繪鳥，其代表作品集《北美鳥類》共蒐羅了四百八十九種鳥類和一千零六十五隻野鳥，作畫四百三十五幅，每一幅畫上的鳥完全按照真鳥的大小尺寸繪成，因此被稱為「北美鳥類圖譜之父」。中文版畫冊也已由數家中國大陸出版機構印行，逐漸為中國讀者所熟悉。今天以奧杜邦命名的鳥類和自然生態保護組織「奧杜邦全國協會」是全美最有影響力的環保組織之一，北美的許多公園和地標也是以他來命名，可見畫家的影響實際上已經超越了他繪畫的成就。

然而奧杜邦出道時家境困窘，藝術道路並非一帆風順。雖然繼承了賓夕法尼亞鄉間數百英畝土地的祖業，卻由於不善經營甚至心不在焉，整日沉溺森林，畫鳥成癖，招致家道中衰。他的未來岳父早年曾經威脅過他說，除非他改邪歸正放棄那些「鳥」事，否則就娶不成他女兒。然而，他依然我行我素，成家後，他妻子一生都是他的忠粉，願同塵灰，不離不棄。如果不是因為他後來去了歐洲推銷自己的畫作，而當時的歐陸正逢浪漫主義狂飆突起，舊世界對新大陸的處女大地和原始森林不但充滿嚮往，而且興起了對珍禽異獸的好奇和藝術品收藏風潮，恐怕奧杜邦後來無非就是一個默默無聞之輩，在繪畫史長河裡驚不起半點漣漪。

奧杜邦的鳥類繪畫給我們留下了豐富珍貴的文化遺產。它不僅將西方鳥類繪畫的成就提高到一個新的水平，為鳥類學研究提供了鮮活的藝術樣本，也同時對於我們如何欣賞和研究中國花鳥畫提供了有趣的借鑒和對比。

乍看上去，他的畫好似中國的工筆花鳥，逼真而細膩，沒有採用西畫的傳統三維（3D）透視法，與宋代的彩繪花鳥畫放在一起，它們彷彿存在神祕的聯繫。查閱史料，奧杜邦確曾借鑒過中國和日本繪畫的風格。然而仔細觀察，其中趣味迥異，技法筆致也相去甚遠。

正如中國的山水畫傳統，中國花鳥畫亦講求託物言志，借物喻人，意旨往往在丹青之外。這不需要多作解釋，往往畫作上的題詞、詩、賦會將畫家的心態與情感表露無遺：「風晴日暖搖雙竹，竹間對語雙鴝鵒」，可說是畫家事順境遂春風得意的寫照。而「飲露身何潔，吟風韻更長。斜陽千萬樹，無處避螳螂」，則道出了文人騷客雖潔身自好，卻難防冷槍暗箭的處境。中國歷史上有那樣多的「文字獄」，動輒因文章惹來殺身之禍，聰明的文人們只好利用了風花雪月來諷古喻今，以物明志，花鳥畫便成為一顆極為明哲保身的煙幕彈。

奧杜邦的鳥畫卻是一目了然的，清澈而明朗。他本著博物學家的準則，盡量精確地繪製鳥禽。為了達到這個目的，他將射殺的野鳥如皮影藝術那樣擺放成各種姿態，力圖畫面效果的自然與逼真，也因此遭受過環保鳥育人士的批評。他在鳥類學方面的貢獻不僅在於對現存的數百種鳥類做了完整記錄，還在於他首次發現了二十三個新鳥種。他以花、草、山、水等為畫作陪襯，並且標示鳥名，確立性別和分類，對於鳥類分類學也極具參考價值。奧杜邦的鳥畫繼承了西方繪畫的寫實主義傳統，在形體與神態上追求完美，在肢體動靜和羽翼翕張的韻律之中建構自然生存狀態，他被詡為「美國自然樂園的詮釋者」。

因此，奧杜邦的鳥禽分類十分龐雜，僅是貓頭鷹就被區分和繪製出來幾十個品種，恐怕令中國的花鳥畫家們自嘆弗如，雖然並非一定引起後者效仿的興致。不妨隨便瀏覽，我們會發現中國花鳥畫常出現的只是為數不多併為人熟知的山鳥水禽，種類固少，分類也難，況且分類也並非畫家真正的興趣所在。比如張大千最喜歡豢養猿、鶴甚至鸞一類的珍禽異獸，專供其朝夕與處端詳描摹，這些山鳥水禽歷朝歷代被畫家們複製和傳摹。它們早已變成了特定的情感符號和集體記憶，一旦因景生情，濃縮的意念和沉潛的情感就驟然稀釋，潑濺於丹青之中。

奧杜邦筆下的鳥禽是生活在弱肉強食、適者生存的自然界中。據記載，當年他在英國的大學演講時，下面有一位年輕聽眾的名字叫達爾文。後來，在他的《物種起源》一書中，達爾文曾經三次提到奧杜邦和他的《北美鳥類》畫集，可見奧杜邦的鳥類學話語在書中所占有的份量，也有論者指出達爾文的進化論確實受到了奧杜邦鳥類著述的影響。

看奧杜邦的繪畫難免令人想到《動物王國》裡表現出的優存劣汰的叢林法則。「鷹喙顯示著血腥的憤怒，冷酷快樂的光芒在牠們勇敢的眼中閃爍」。在他配合《北美鳥類》出版的《鳥類志》中，奧杜邦將他的野地觀察如此這般記錄在文字的敘述中。從他近乎超級寫實的繪畫作品裡我們不時看到蒼鷹擒獵、蘆雁奪食、蛇襲鳥窩等種種你死我活的場面。甚至，外表優雅的丹頂鶴、鷺鷥也狠啄著鱷魚崽和小魚，涎相畢露。「黎明，比肉還要鮮紅的黎明開始了」，傳記長詩《想像奧杜邦》這樣開篇寫道，詩人羅伯特．潘．華倫的筆下勾勒出一幅危機四伏的大自然的拂曉。

相比之下，中國花鳥畫則顯示出一種不識鳥間煙火的詩意和超脫。鳥禽們超然地佇立枝頭，不是閉眼打瞌睡，就是像人一樣仄愣著頭，似乎在觀風景，身旁即便果實纍纍，卻吊不起它們的任何胃口，如同犯了厭食症。這並非說它們是禁慾主義者，事實上中國花鳥畫中也不乏弱肉強爭的叢林法則的表現，只是相較奧杜邦鳥畫的野性殘酷卻是含蓄和矜持了許多，畢竟這不是畫家所要表現的重點。

正如該書作者羅蘭所指出的，奧杜邦關注的是鳥禽與大自然的關係：「畫家與鳥類以及美國消失了的鳥類棲息的荒野產生如此的認同感，致使他能夠憑藉著一種直覺的浪漫主義的方式，賦予牠們各種獨特的物種個性。」而對於中國的花鳥畫家們來說，我們更加重視的似乎是鳥與人類的關係，鳥類肩負著人類的使命並且扮演某種社會的角色，詮釋著我們孜孜以求的人生價值和終極性思考，在視覺和精神的領域力求合一。

水野克比古的京都

許多世界名城產生過專職城市攝影師，一輩子以拍攝在地城市為己任，功名與城市共存。城市也許演進、蛻變或者消亡，攝影記錄卻保存了下來並由此變得格外珍貴。

法國巴黎幸虧阿傑的攝影作品保留了許多現已消失的花都舊貌，倫敦則感激自己的城市攝影家布蘭特將二戰時期的霧都生活永存於影像檔案，而布拉格則透過索德克的攝影膠片保鮮著浪漫之都的記憶。而這些儲存著文化古都之貌的影像文獻變成了一枚一枚凝固了歷史瞬間的時間膠囊，實現著愛默生所謂「城市憑記憶存活」的預言。

水野克比古便是這麼一位古城京都的專業攝影大師。他的京都攝影生涯橫跨了四十年，共出版過一百七十多部京都寫真集，被詡為「定義京都的自然美並激發京都人為古都感到自豪的當今最有影響力的人物之一。」

作為水野克比古的忠粉，我平時一直注意收藏他的攝影作品。這次在京都的大垣書店裡發現他的寫真作品竟然占去京都史地人文科目中大部分寫真書籍的空間，足有幾十種之多，真有「當今之世，捨我其誰」的長青樹之感。看來想要到京都旅行觀光，應該對水野克比古的京都寫真藝術也有所了解。

作為一門視覺藝術，攝影有其自身的獨特表現形式和審美內涵。城市攝影又不同於自然風光攝影，具有著自成一格的技術和審美標準。拍攝京都這種歷史文化古城，文獻紀實與藝術表現等方面無疑有著很高的要求。水野克比古的京都寫真藝術可以說真正達到了一種理想的平衡，他將古代與現代，文化與自然，記錄與表現完美融合，按下快門的瞬間總能產生一張經典的成像。

水野克比古一九四一年出生於京都，青年時代在東京綜合攝影專科學校求學，立志做一名新聞記者。讀書期間他與老師的父親著名庭園建築大師重森三玲相識並成為忘年交。重森三玲是一位在現代日本庭園建築史上具有承前啟後意義的人物，曾著有三十三卷本《日本庭園史大系》等重要園林建築著作，並參與主持過許多日本文化名勝的庭園設計與重建，譬如京都的東福寺和松尾大社庭園的枯山水景觀，便是由他親自設計的。可以說重森三玲的庭園美學觀念對水野克比古後來選擇攝影職業產生了重大的影響，多年後他在接受採訪時坦言當年所以決定回到故鄉並終生以拍攝京都為己任，重森三玲確實達到了關鍵的作用。

讓我們來欣賞一下水野克比古的攝影作品及其藝術特色。首先攝影家在拍攝京都的古蹟和庭園山水景物時，他的視線總是平靜開闊，畫面和諧而豐盈。擅長以沉穩唯美的手法詮釋古都面貌，營造一種醇厚雋永的懷舊氣氛，喚起人們對京都這個「日本人心靈的故鄉」的審美共鳴。這種美學風格始終貫穿在攝影家的京都寫真作品之中，譬如他拍攝的金閣寺，畫面上金色的舍利寺靜靜倒映在鏡湖池水面，柔綠的湖水，島石，修剪整齊的古松和木冠上方一抹如黛的衣笠山影歷歷在目層次分明。整體畫面籠罩著一種安詳和諧的氣氛，富於深邃的時空美感。他的《龍安寺枯山水》和《初冬嵐山、渡月橋》也都堪稱這方面的典範，反映了勻稱的視覺美和厚重感。無論你是否去過這些地方，只要你看過這些攝影畫面就會過目難忘，激發出令你很想到此一遊或重訪的心理衝動，正如哪一位哲人說過的，美不單純引人思考，還會刺激你的行動。

另一方面在捕捉景物細節上，水野克比古也是一位功力超強的高手，顯示出敏銳和細膩的觀察與表現力。被譽為「攝影詩人」的日本攝影大師前田真三便專擅此道，譬如這位攝影家曾將山溪流動的碎影表現出無數銀蛇飛舞的視覺效果，堪稱一絕。也許這是日本人特有的細膩和精緻使然，在西方攝影作品中似乎少見。水野克比古則善於抓住雨雪風霜四季更替帶給古城的微妙變化，透過攝影鏡頭而藝術地再現。在他的鏡頭中冬天的金閣寺花柏屋頂灑了淺淺一層細雪，樹梢上，湖石上也敷著很淡的雪粉。而在另一幅作品《瑞峰院》中枯山水沙脊堆積著一道一道雪絨細線，如大自然的草書飛白。京都雖偶有大雪，但更多見細雪如粉，也是拜近畿京都盆地得天獨厚的氣候條件，小雪和微雨總是非常適合京都的古香古色。尤其是到了深秋，天空時不時地就會落下小雨來，使得深庭古苑別添一番韻味。《神泉苑細雨》就反映出了這種懷古的氣息，只見朱橋如虹，細雨似夢，令人聯想到歌川廣重的東海道浮世繪的畫意。還有《法然院》和《光明寺》紅不掃的秋葉，落了滿院星星點點，細膩如川端康成的新感覺派。

水野克比古的寫真充滿了詩意美，畫面流露出日本古典文學的美學意境，借用他同樣成就斐然的攝影家女兒水野歌夕的話說她父親是「美的瞬間的捕獵者」，攝影大師本身具有者深厚的文學素養。譬如他的《嵯峨野、竹林小道》系列作品就表現出濃郁的俳諧意味，畫面中茂林修竹，曲徑通幽，日本俳句大師松尾芭蕉的名句「嵯峨竹，清涼入畫圖」呼之欲出。而《妙心寺》作品中僧人冒雪獨行，飛雪、玄傘和青衣色彩反差搶睛，意境雋永，頗有「昨夜雪紛紛，清晨一溜『二』字印，何人落屐痕」的韻味。在《落柿舍秋意》中只見滿樹丹柿，一園碧豆，這裡不但是俳句「朝露濕瓜泥，黑汙而冷洌」的山村背景，也是那位晝耕夜誦，「一夜風來滿梢無，只因近嵐山」，俳句詩人向井去來痛失秋柿的故事發生地點。

在攝影作品《西芳寺》和《等持院》中則又透露出日本茶道和禪宗的意味。這些茶庵和禪院上演著光與影無常的變幻律動，萬籟俱寂中唯一打破寧靜的，恐怕只有竹筒添水的劈啪之聲悠然傳來。

水野克比古本人還是一位優秀的作家，也正因為他的良好文學素養使其攝影藝術具有豐富的審美內涵，往往優雅的文字配合精美的畫面喚起觀者賞心悅目的審美體驗。讓我們來欣賞一段他描述京都雪景的文字來作為本文的結束吧：「那略帶羞澀的素妝淡雪，顯露出平安遷都後的一千兩百年間所滋育的高度的人工美與豐腴的自然美的和諧交織景象，這正是京都雪景的絕妙之處。無聲的飄雪灑落於老舊的寺院神社和屋宇，灑落於和自然融為一體的溫柔的庭院，灑落於懷舊的河川，灑落於鱗次櫛比的街巷，勾勒出一幅清淨無塵的圖景。這宛如吹拂了心靈汙塵的世界，在朝陽的光芒中頃刻間消逝，那種無常之感，也許正是京都雪景的真髓所在吧。」

而這無常的瞬間卻在水野克比古的鏡頭裡變為美的永恆了。

語言文學類　PG2466　北美華文作家系列37

生命的浪漫與質感

作　　者／王士躍
責任編輯／洪聖翔
圖文排版／周好靜
封面題字／遇存棟
封面設計／王嵩賀

發 行 人／宋政坤
法律顧問／毛國樑　律師
出版發行／秀威資訊科技股份有限公司
114台北市內湖區瑞光路76巷65號1樓
電話：+886-2-2796-3638　傳真：+886-2-2796-1377
http://www.showwe.com.tw
劃撥帳號／19563868　戶名：秀威資訊科技股份有限公司
讀者服務信箱：service@showwe.com.tw
展售門市／國家書店（松江門市）
104台北市中山區松江路209號1樓
電話：+886-2-2518-0207　傳真：+886-2-2518-0778
網路訂購／秀威網路書店：https://store.showwe.tw
國家網路書店：https://www.govbooks.com.tw

2020年11月　BOD一版
定價：300元

國家圖書館出版品預行編目

生命的浪漫與質感 / 王士躍著. -- 一版. -- 臺北
市 : 秀威資訊科技, 2020.11
面； 公分. -- (語言文學類) (北美華文作
家系列 ; 37)
BOD版
ISBN 978-986-326-858-1(平裝)

855 109014859

讀者回函卡

感謝您購買本書，為提升服務品質，請填妥以下資料，將讀者回函卡直接寄回或傳真本公司，收到您的寶貴意見後，我們會收藏記錄及檢討，謝謝！如您需要了解本公司最新出版書目、購書優惠或企劃活動，歡迎您上網查詢或下載相關資料：http:// www.showwe.com.tw

您購買的書名：________________________________

出生日期：________年________月________日

學歷：□高中（含）以下　□大專　□研究所（含）以上

職業：□製造業　□金融業　□資訊業　□軍警　□傳播業　□自由業

□服務業　□公務員　□教職　□學生　□家管　□其它______

購書地點：□網路書店　□實體書店　□書展　□郵購　□贈閱　□其他

您從何得知本書的消息？

□網路書店　□實體書店　□網路搜尋　□電子報　□書訊　□雜誌

□傳播媒體　□親友推薦　□網站推薦　□部落格　□其他__________

您對本書的評價：（請填代號　1.非常滿意　2.滿意　3.尚可　4.再改進）

封面設計____　版面編排____　內容____　文／譯筆____　價格____

讀完書後您覺得：

□很有收穫　□有收穫　□收穫不多　□沒收穫

對我們的建議：________________________________

____

____

____

請貼
郵票

11466
台北市內湖區瑞光路 76 巷 65 號 1 樓

秀威資訊科技股份有限公司　收

BOD 數位出版事業部

....

（請沿線對折寄回，謝謝！）

姓　　名：＿＿＿＿＿＿＿＿　年齡：＿＿＿＿　性別：□女　□男

郵遞區號：□□□□□

地　　址：＿＿＿＿＿＿＿＿＿＿＿＿＿＿＿＿＿＿＿＿

聯絡電話：(日)＿＿＿＿＿＿＿＿＿＿(夜)＿＿＿＿＿＿＿＿＿＿

E-mail：＿＿＿＿＿＿＿＿＿＿＿＿＿＿＿＿＿＿＿＿